grafit

Chemnitzer Str. 31, D-44139 Dortmund
E-Mail: info@grafit.de
Internet: http://www.grafit.de

Umschlagzeichnung: Peter Bucker
Druck und Bindearbeiten: Fuldaer Verlagsanstalt
ISBN 3-89425-047-X
7. 8. / 2005 2004 2003

Jürgen Kehrer

Wilsberg und die Wiedertäufer

Kriminalroman

grafit

Der Autor:

Jürgen Kehrer wurde 1956 geboren und später Diplompädagoge. Als Journalist war er dem Leben seit vielen Jahren auf der Spur, als profunder Kenner der guten und weniger guten Gesellschaft der Bischofsstadt Münster mußte er fast zwangsläufig Krimiautor werden.

»Eine Story vom Feinsten ... garantiert unmoralisch und zynisch, antibürgerlich und unsozial, aber nicht dumpf-gewalttätig, dafür jedoch dramaturgisch perfekt bis aufs i-Tüpfelchen.« So urteilte Leo's Magazin über Jürgen Kehrers 1990 erschienenen und vom ZDF verfilmten Krimi-Erstling *Und die Toten läßt man ruhen.*

Es folgten: *In alter Freundschaft* (1991) und *Gottesgemüse* (1992). Mit *Killer nach Leipzig* (1993) unternahm Kehrer einen Ausflug nach Sachsen und wechselte die Fronten: Held der Geschichte ist kein Ermittler, sondern ein Mörder. In *Kein Fall für Wilsberg* (1993) taucht der an Neurodermitis leidende Privatdetektiv wieder in Münster auf. Kaum hat er dieses Abenteuer überstanden, verfängt sich Wilsberg in *Wilsberg und die Wiedertäufer* (1994; alle Krimis bei GRAFIT) in den Netzen der katholischen Kirche.

»Ich habe da eine Inhaltsangabe. Ein Kaufhausdirektor ist hinter der Dorfschullehrerin her, sie flüchtet ins Gebirge und lebt dort unter der Obhut eines Eremiten, der sie später auch heiratet. Stimmt das?«

»Ja, leider.«

(François Truffaut im Gespräch mit Alfred Hitchcock)

Vorbemerkung:

Dies ist ein Roman. Bitte lesen Sie ihn wie einen Roman, verstehen Sie ihn wie einen Roman und stellen Sie ihn auf der Seite des Bücherschrankes ab, wo auch die anderen Romane stehen! Danke.

Der Autor

P.S. In diesem Roman gibt es Anmerkungen. Lassen Sie sich davon nicht irritieren! Es ist trotzdem ein Roman.

I

»Georg, Telefon für dich!«

Meine Lieblingskellnerin schwenkte den Telefonhörer, und ich versuchte mich verzweifelt zu erinnern, wem ich verraten hatte, daß ich hier und heute im *Alcatraz* zu finden sei, mal abgesehen davon, daß ich in letzter Zeit fast jeden Abend im *Alcatraz* gewesen und selten vor Mitternacht wieder herausgekommen war. Genau genommen brauchte ich es also niemandem zu verraten, und diejenigen, die es interessierte, kamen einfach vorbei, tranken ein Glas mit mir und verließen mich dann mit einem aufmunternden Lächeln. Das Lächeln bedeutete soviel wie: es wird schon wieder, du kommst auf die Beine, wenn du nur willst, wenn du aufhörst zu trinken, wenn du mal wieder arbeitest und so weiter und so fort.

»Georg, nun komm schon!«

Ja, richtig, jemand wollte mit mir sprechen. Elegant glitt ich vom Barhocker und machte die paar Schritte bis zur Wand, wo mir Anna, inzwischen leicht genervt, den Hörer in die Hand drückte.

»Wer ist es denn?« erkundigte ich mich bei ihr.

»Keine Ahnung, ist so laut hier.« Sprach's, nahm ihr Tablett und verschwand im Gewimmel der Nach-Kinogänger, die sich lautstark erzählten, wie toll das gewesen sei, als sich Bruce Willis zusammen mit dem Hochhaus in die Luft sprengte.

»Wilsberg«, schrie ich in die Muschel.

Eine leicht piepsige, aber eindeutig männliche Stimme antwortete.

»Ich verstehe nichts«, brüllte ich zurück und stopfte mir einen Finger in das unbenutzte Ohr.

»Monsignore Kratz«, sagte die deutlicher gewordene Stimme. »Wir möchten Sie engagieren.«

Ich lachte. »Aber, aber, Herr Monsignore! Was soll der Scheiß?«

»Das ist kein Scherz. Wir bieten Ihnen eine anständige Bezahlung.«

Ich überlegte krampfhaft, wem die piepsige Stimme gehörte. Aber ich kam nicht drauf. »Wenn das ein Witz sein soll ...«

»Ich gebe Ihnen mein Wort als Geistlicher.«

»Sie meinen, Sie sind wirklich ein Monsignore?«

»Ja. Ich arbeite im Bischöflichen Generalvikariat.«

Wenn mich jemand verarschen wollte, tat er das ziemlich gründlich. »Offen gestanden, habe ich mit der katholischen Kirche nichts am Hut.«

»Wir wollen Sie ja auch nicht bekehren, wir wollen Sie mit einer Aufgabe betreuen.«

»Und warum?«

»Das kann ich Ihnen am Telefon nicht erklären. Kommen Sie bitte morgen früh um zehn Uhr in das Bischofspalais.«

Ich lehnte mich an die Wand und steckte mir einen Zigarillo ins Gesicht. »Das reicht nicht«, brummte ich in den Hörer. »Ich arbeite nicht für jeden.«

Die Stimme des Monsignore wurde etwas weniger pastoral. »Wir haben Sie nicht ausgesucht. Sie sind uns empfohlen worden.«

»Von wem?«

»Auch das darf ich Ihnen nicht sagen.«

»Hören Sie mal, Herr Monsignore ...«

»Kratz.«

»... Kratz: Bei meiner Arbeit habe ich ein paar Grundsätze. Unter anderem verkaufe ich mich nicht an die Mafia, den Unternehmerverband und die katholische Kirche, falls das nicht sowieso ein- und dasselbe ist.«

»Weg da!« Anna schubste mich zur Seite, weil ich die Durchreiche zur Küche versperrte.

Kratz stöhnte. »Machen Sie es uns nicht unnötig schwer, Herr Wilsberg. Wir wissen, daß Sie finanziell, nun, wie soll ich sagen, nicht in der besten Lage sind.«

Was die Kirche alles wußte! Vermutlich hatte mein Vermieter seinen Mietwucher gebeichtet oder die böse Absicht, mich aus dem Haus zu werfen, falls ich nicht bald die rückständige Miete bezahlte. Tatsächlich befand ich mich, sah man mal von der ganzen Schönfärberei ab, im freien Fall Richtung Armut.

»Können Sie nicht einen Vorschuß von zehntausend Mark gut gebrauchen?«

Ein ganzes Gläschen Adrenalin gluckste durch meine Adern. Plötzlich sah ich einen Haufen Geldscheine vor mir. »Sagten Sie: zehntausend Mark?«

»Richtig. Als Vorschuß. Bei Erfolg winkt Ihnen eine weitere Prämie.«

»Georg, du stehst im Weg.« Anna balancierte ein gefährlich beladenes Tablett an meiner Nase vorbei. Ich strahlte sie an. »Warum haben Sie das nicht gleich gesagt, Herr Kratz?«

»Ich finde es bedauerlich, daß in unserer Welt allein materielle Reize zählen.«

»Sie vielleicht. Ich mag materielle Werte. Mehr als die höheren.«

»Also dann!« Kratz wurde beinahe geschäftsmäßig. »Kann ich morgen früh mit Ihnen rechnen?«

»Rechnen Sie, Herr Kratz, rechnen Sie!«

Er legte auf. Versonnen starrte ich auf den Hörer. Zehntausend Mark. Damit konnte ich fünf Monatsmieten und auch noch meine Rechnung im *Alcatraz* bezahlen.

Anna nahm mir den Hörer aus der Hand und hängte ihn ein.

»Weißt du was?« sagte ich zu ihr. »Ich habe gerade zehntausend Mark verdient.«

Sie zog unsanft an meinem Arm. »Setz dich wieder auf den Hocker, Georg. Guck mal, ich verdiene nur hundert Mark pro Abend. Und wenn mir dann noch dauernd Leute im Weg stehen ...«

»Pah! Hundert Mark!« sagte ich.

»Ich weiß, das ist viel zu wenig. Aber Norbert, der Geizhals, zahlt nicht mehr.«

Norbert, der hinter dem Zapfhahn stand, machte lange Ohren. »Redet ihr über mich?«

Ich beugte mich über die Theke. »Ich habe gerade mit einem echten Monsignore gesprochen.«

Norbert tätschelte meine Hand. »Steht's so schlimm um dich?«

»Im Gegenteil. Er hat mir zehntausend Mark geboten. Für eine kleine Gefälligkeit.«

»Wär nicht schlecht, wenn's stimmen würde«, nuschelte er. »Im Schrank liegt ein ganzer Stapel von Deckeln, die du hier gemacht hast.«

»Morgen abend«, raunte ich ihm zu, »zahle ich alles. Auf einmal.«

Norbert sah irgendwie bekümmert aus. Ich fürchtete fast, er glaubte mir nicht. »Willst du noch ein Bier?«

Ich nickte. Van Morrison, die alte Rockröhre, dröhnte mir die Ohren voll. Es gibt Abende, die sind besser, als man morgens denkt.

II

Natürlich stand ich viel zu spät auf, nachdem sich der Radiowecker eine halbe Stunde lang vergeblich bemüht hatte, meine Gehirnströme aufzumischen. Nach zwei Aspirin-Ersatztabletten (die billigeren) sah die Welt wieder halbwegs in Ordnung aus, und ich beschloß, daß ein Monsignore auf nüchternen Magen noch schwerer zu ertragen wäre als die Tatsache, daß ich eine geschlagene Viertelstunde zu spät kommen würde. Also stellte ich die Espressokanne auf den Herd und schob etwas Weiches, Gummiartiges in den Toaster, das laut Packungsaufschrift ein Toastbrot sein sollte. Dann stand ich zehn Sekunden vor dem Schrank und überlegte, welche Kleidung für ein Zehntausend-Mark-Quicky in höherem Auftrag angemessen sei. Ich entschied mich für ein beigefarbenes Hemd und meinen dunkelblauen Schlips.

Das hätte ich besser noch etwas aufschieben sollen, denn nach dem ersten Bissen klebte ein häßlicher Fleck Erdbeermarmelade auf der Krawatte, der durch sofortiges Wischen zwar breiter, aber nicht unbedingt unkenntlich wurde. Doch jetzt war es wirklich zu spät, um den Schlips zu wechseln, zumal ich meinen zittrigen Fingern nicht zutraute, daß sie den schwierigen Knoten innerhalb so kurzer Zeit zweimal schaffen würden.

Es war eisig kalt an diesem Februarmorgen, aber die Soutane schien ziemlich wetterfest zu sein. So ein dickes, um die Knöchel schlabberndes Ding, das bei den aufgeregten Schritten des hageren Monsignore hin- und herflog.

»Na endlich!« rief er, als er mich durch die Gitterstäbe sah. »Kommen Sie! Kommen Sie!«

Ich öffnete das Tor und betrat den gepflasterten Innenhof. Strafend guckte er auf seine Armbanduhr.

Ich probierte es mit einer Notlüge: »Ich bitte um Verzeihung, aber ich mußte noch Schnee räumen.«

»Schon gut«, gab er kurzangebunden zurück. »Der Bischof wartet.«

Dann sauste er die Treppe hinauf, und ich hatte Mühe, mit ihm Schritt zu halten.

»Der Bischof?« fragte ich atemlos.

Seine Mundwinkel zuckten in Andeutung eines Lächelns. »Der Weihbischof.« Während wir an Kreuzigungsbildern im surrealistischen Stil vorbeigingen, klärte er mich auf. »Weihbischof Becker ist für das Administrative zuständig. Er ist für Sie die entscheidende Instanz. Der Bischof selbst ist über die Vorgänge sehr bekümmert, und wir möchten ihn nicht unnötig belasten.«

Einige Ecken, ein paar geschäftig aussehende Junggeistliche und zwei huldvoll lächelnde Nonnen später klopfte Monsignore Kratz an eine Tür.

»Herein!« dröhnte ein Baß aus dem Inneren.

Kratz schob mich in ein geräumiges Arbeitszimmer, das ganz in unaufgeregtem Braun gehalten war, mit einem überlebensgroßen Porträt von Kardinal von Galen, dem Vorzeige-Anti-Nazi der katholischen Kirche, an der Wand.

Der Besitzer der Dröhnstimme legte die Tageszeitung, in der er geblättert hatte, beiseite und stand auf. Er war groß und breit, etwas schlanker als Helmut Kohl, aber von ähnlicher Statur. Dichte, weiße Haare wuchsen über dem runden, gar nicht sinnenunfreudigen Gesicht. Was er von dem Fenster hinter seinem Rücken übrigließ, gestattete den Blick auf eine schneeüberzogene Parklandschaft.

Irgendwo da hinten mußte die Aa fließen, und im Sommer, bei geöffnetem Fenster, zählte dieser Arbeitsplatz sicher zu den schönsten in Münsters Innenstadt.

Der Weihbischof streckte mir eine Pranke entgegen und quetschte meine Hand. »Becker. Schön, daß Sie kommen konnten.«

Ich bemühte mich, den Schmerz nicht zu zeigen, und versteckte die geschundene Hand in der Hosentasche. »Ihr Monsignore Kratz hatte ein überzeugendes Argument.«

»Ja ja, das Geld. Ich verstehe das. Um ein Haar hätte ich Volkswirtschaft studiert anstatt Theologie. Setzen Sie sich doch!«

Ein bequemer Ledersessel verschluckte mich, und ich versteckte den Marmeladenfleck unter dem Jackett.

»Kratz, Sie auch!« donnerte der Weihbischof in Richtung des Monsignore, der sich unauffällig im Hintergrund gehalten hatte. »Er ist meine Rechte Hand«, fügte er erklärend hinzu, »die Allzweckwaffe des Bistums, und manchmal auch so etwas wie unser hauseigener advocatus diaboli.«

Kratz verzog das Gesicht, verkniff sich aber einen Kommentar, während er einen einfachen Lehnstuhl an die Stirnseite des Schreibtischs zog.

Becker hatte die Hände flach auf den Tisch gelegt und sah aus wie ein meditierender Lama. Ich harrte der Dinge, die da kommen würden.

So schwiegen wir gemeinsam fünf Sekunden, dann lächelte mich der Weihbischof an: »Was wissen Sie über die Wiedertäufer?«

Kalt erwischt, nennt man das wohl. Ich sortierte die gängigen Klischees und frivolen Anekdoten über die Vielweiberei in meinem Gedächtnis.

»Ist das die Zehntausend-Mark-Frage?«

»Nein, nein, aber es wichtig für die Geschichte, in die Sie jetzt zwangsläufig involviert werden.«

»Eine radikalchristliche Sekte, die im sechzehnten Jahrhundert in Münster die Macht übernahm. Die Wiedertäufer vertrieben alle Andersgläubigen aus der Stadt und trotzten anderthalb Jahre dem Bischof, der die Stadtmauern belagerte. Schließlich, durch Hunger und Verrat, gelang es dem Bischof, die Stadt zu erobern, und er rächte sich blutig. Kaum ein Wiedertäufer überlebte.«

Mißbilligend zog Becker eine Augenbraue in die Höhe. »Der Bischof war nicht für das Gemetzel der Söldner verantwortlich. Damals gehörte es dazu, daß man den Landsknechten nach einer Belagerung die Stadt zum Plündern überließ.«

»Und was ist mit den Käfigen an der Lambertikirche?«

»Sie meinen die Anführer?«

»Ja. Die hat man doch Monate später und mit Einverständnis des Bischofs gefoltert, verbrannt und zur Schau gestellt.«

»Zur Warnung der Nachgeborenen. Was Sie als urchristlich bezeichnen, war nichts weiter als Ketzerei. Und darauf standen allerdings drakonische Strafen.«

Ich nickte. »Gut und schön. Ich muß gestehen, daß ich auf einen theologischen Disput nicht vorbereitet bin. Ich habe vermutet, daß Sie mich für etwas Handfesteres engagieren wollen.«

Kratz rutschte unruhig auf seinem Stuhl herum.

Der Weihbischof lächelte wieder. »Da vermuten Sie ganz richtig. Einer der Anführer der Wiedertäufer, der sich sogar zu ihrem König machte, nannte sich Jan van Leiden. Auch er landete im Käfig.« Becker öffnete eine Schublade und zog einen Brief heraus. »Dieser Jan van Leiden oder Johan Bockelson, wie er wirklich hieß, ist auf wundersame Weise wieder lebendig geworden.«

Ich verstand nur Bahnhof.

»Lesen Sie Zeitung, Herr Wilsberg?«

»Gelegentlich. Meistens den Sportteil.«

»Nun, vor etwa einem Monat ereignete sich ein Vorfall an der Lambertikirche. Eigentlich kaum mehr als ein Dummer-Jungen-Streich. Über Nacht wurden die Käfige gelb angemalt. Eine blöde Geschichte. Wir haben die Käfige natürlich sofort reinigen lassen. Das Ganze wäre nicht der Rede wert, wenn es jetzt nicht eskalieren würde.« Der Weihbischof machte eine Pause und starrte mich grimmig an. »Ein Anschlag im Dom. Das Porträt von Franz von Waldeck, gemalt von Lucas Drueger dem Jüngeren. Ein kleines Meisterwerk aus dem sechzehnten Jahrhundert. Mit Säure bespritzt. Vielleicht läßt sich das Bild retten, aber der Schaden geht in die Zehntausende.«

»Das ist mir neu«, sagte ich.

»Wir haben die Sache unter dem Teppich gehalten. Aber inzwischen hat die Presse davon Wind bekommen. Nachher gebe ich dazu eine Pressekonferenz.«

»Entschuldigen Sie«, wandte ich ein, »ich sehe immer noch nicht, wozu ...«

Die breite Hand des Weihbischofs klatschte auf den Brief. »Wir haben einen Bekennerbrief bekommen, so nennt man das wohl. Darin erklärt sich ein Kommando Jan van Leiden für den Anschlag verantwortlich. Sie drohen mit weiteren Anschlägen, falls wir nicht fünfhunderttausend Mark zahlen. Die *Dagobert*-Masche, verstehen Sie.«

Ich verstand und gab ein zischendes Geräusch von mir. »Deshalb Franz von Waldeck, der Bischof, der den Wiedertäufer-Aufstand niedergeschlagen hat.«

Beckers Stimme bekam einen durchdringenden Kanzel-Ton: »Der Mann hat Europa vor einer Krise gerettet. Was glauben Sie denn, was passiert wäre, wenn Waldeck den Wiedertäufer-Unsinn nicht im Keim erstickt hätte? Überall gab es Wiedertäufer-Gruppen, in Straßburg, vor allem in den Niederlanden. Nicht nur die kirchlichen, auch die weltlichen Autoritäten hätten Schaden genommen. Das Habsburger Reich wäre in der Anarchie versunken. Leute wie Sie ...«

»Leute wie ich?«

»Ich kenne die Schwärmerei für die Wiedertäufer. Das ist eine altlinke Tradition. Marx, Bebel, Kautsky, alle feierten die Wiedertäufer als Revolutionäre.«

Das Gesicht des Weihbischofs war rosarot angelaufen. Seine Erregung konnte nicht allein vom Historikerstreit stammen.

»Wollen Sie mir unterstellen, daß ich etwas mit dem Anschlag zu tun habe?«

»Ich unterstelle gar nichts, Herr Wilsberg! Ich lese. Und hier steht ...« Er hob den Brief hoch und kniff die Augen zusammen. »Die selbsternannten neuen Wiedertäufer verlangen klipp und klar, daß die fünfhunderttausend Mark von Georg Wilsberg überbracht werden.«

Ich war baff, vollkommen platt und fingerte mit zittriger Hand nach meiner Zigarilloschachtel.

»Bitte nicht!« meldete sich der Monsignore erstmalig zu Wort. »Ich vertrage keinen Rauch.«

Seufzend ließ ich die Schachtel in die Tasche zurückgleiten.

»Sie hatten wohl keine Ahnung, wie?« Das klang nach einer Fangfrage.

»Nein. Davon wußte ich nichts.«

»Na ja«, sagte Becker mit um einige Dezibel zurückgenommener Stimme, »dann ist es wohl Zufall. Von Fügung möchte ich in diesem unchristlichen Zusammenhang nicht sprechen.«

»Und Sie wollen zahlen?« fragte ich ungläubig.

»Ja. Wir wollen diese mißliche Angelegenheit nicht noch höher schaukeln. Wer weiß, was diesen Wahnsinnigen sonst noch einfällt. Aber das bleibt unter uns, versteht sich. Kein Wort an Außenstehende.«

»Sie können sich auf mich verlassen«, versicherte ich ihm.

Der Weihbischof strich mit einem Finger über seine fleischige Unterlippe. »Wir haben natürlich über Sie Erkundigungen eingezogen ...«

»Ach ja«, hakte ich ein, »das ist ein Punkt, den ich auch ansprechen wollte. Ihr Herr Kratz deutete an, daß er über meine finanziellen Verhältnisse Bescheid weiß.«

Becker warf Kratz einen mißbilligenden Blick zu. »Sie haben was?«

Kratz räusperte sich. »Ich brauchte ein triftiges Argument, um Herrn Wilsberg zu überzeugen. Und da schien mir ...«

»Das meine ich nicht«, unterbrach ich ihn. »Woher wußten Sie es? Gibt es einen kirchlichen Geheimdienst? Hatten Sie eine Eingebung?«

»Ähm ...« Kratz kämpfte erneut mit einem Frosch im Hals. »Das Bistum verfügt über eine eigene Bank. Und Banken untereinander können die Kreditwürdigkeit von Kunden ... Sie verstehen?«

»Davon hatte ich keine Ahnung«, schaltete sich der Weihbischof wieder ein. »Ich kann auch nicht sagen, daß ich ein solches Vorgehen gutgeheißen hätte. Worauf ich vorhin ansprach, waren Ihre Lebensdaten. Wir wissen, daß Sie mal als Anwalt gearbeitet haben, Ihre Lizenz zurückgeben mußten, sich dann als Briefmarkenhändler und Privatdetektiv verdingt haben.«

Ich nickte. »Soweit korrekt.«

»Seit einiger Zeit scheinen Sie keiner geregelten Tätigkeit nachzugehen. Wie kommt das?«

»Ich hatte einen schweren Unfall. Und danach keine Lust, wieder als Schnüffler zu arbeiten. Im Moment bin ich auf der Suche nach was Neuem.«

»Hhmm.« Becker zog eine Schachtel Marlboro aus der Tasche und spielte mit der Verschlußkappe. »Sagen Sie nichts, Kratz!« Er legte die Schachtel zur Seite. »Sie nehmen bei der Geschichte eine Vertrauensstellung ein, Herr Wilsberg. Wir müssen uns darauf verlassen, daß Sie nicht gleich zu einer Illustrierten oder einem Privatsender rennen und Ihre Informationen brühwarm verkaufen.«

»Klar«, sagte ich. »Das würde die Geldübergabe unmöglich machen.«

»Eben«, bestätigte der Weihbischof. »Und Ihr Leumund ist nicht derart, daß man sich Ihnen bedingungslos anvertrauen möchte.«

Langsam wurde ich sauer. »Ich habe mich nicht aufgedrängt. Sie haben mich angerufen, haben Sie das vergessen?«

Becker hob begütigend die Hände. »Richtig, richtig. Es ging mir nur darum, Positionen klarzustellen. Wie auch immer Ihr Name in den Erpresserbrief geraten ist ...«

»Wofür ich nichts kann«, fuhr ich dazwischen.

»Ja. Wir erwarten, daß Sie sich uns gegenüber fair verhalten. Kratz wird zu diesem Zweck einen kleinen Vertrag aufsetzen.«

»Bliebe noch eine Frage«, sagte ich rasch, »wie hoch ist mein Erfolgshonorar, wenn ich das Geld übergeben habe?«

Der Weihbischof drehte seinen schweren Kopf zu Kratz. »Was kriegt er?«

»Nochmal zehntausend«, schnarrte Kratz.

»Fein«, sagte ich, »dann kann's ja losgehen.«

Der Weihbischof lehnte sich zurück. »Na schön. Alles weitere regeln Sie mit Kratz. Er ist Ihr Ansprechpartner. In dringenden Fällen bin ich selbstverständlich weiterhin ...«

Das Kommando Jan van Leiden hatte sich noch nicht zu den näheren Modalitäten der Geldübergabe geäußert und auf einen folgenden Brief verwiesen.

Monsignore Kratz verabschiedete mich mit einem feuchtkalten Händedruck: »Kommen Sie morgen früh ins Generalvikariat. Dann regeln wir das Vertragliche. Und halten Sie sich bitte zur Verfügung!«

»Wohin soll ich schon reisen? Und mit wem?«

Kratz schenkte mir ein gallebitteres Lächeln. »Wenn Sie ein Ziel brauchen, Herr Wilsberg: die Kirche ist immer für Sie da.«

»Nein, danke, ich komme schon zurecht.«

»Wie Sie meinen.«

Dann schloß er die Tür hinter mir, und ich stand unter dem wolkenverhangenen Himmel, der nach mehr Schnee, Hagel oder saurem Regen roch. Ich steuerte eine Prise Zigarillorauch bei und schlenderte langsam aus dem Kirchenreich ins weltliche, das heißt auf den Marktplatz, hinüber.

Jemand schneuzte sich geräuschvoll, und ich erkannte die dazugehörige, rotgeschwollene Nase.

»Was treibst du dich bei diesem Wetter hier herum? Du solltest lieber im Bett liegen.«

»Würde ich ja gerne. Aber es gibt Kollegen, die sind noch kränker als ich. Zumindest behaupten sie es.«

Hauptkommissar Stürzenbecher steckte sein Taschentuch weg und sah mich aus triefenden Augen an. Eigentlich hatte er, seitdem ich ihn kannte, noch nie gesund ausgesehen, aber es ging eindeutig bergab.

»Wir werden alle nicht jünger«, sagte er, als hätte er meine Gedanken erraten.

»Wem sagst du das? Also: bis dann!«

»Warte mal!«

Ich blieb stehen.

»Was hast du da drin gemacht?«

»Mit dem Bischof geplaudert.«

»Worüber?«

»Tut mir leid, das darf ich dir nicht sagen.«

Stürzenbecher wurde hartnäckig. »Komm schon! Du arbeitest doch gar nicht mehr als Privatdetektiv.«

»Du wirst es nicht glauben, aber vor zehn Minuten habe ich mich entschlossen, wieder damit anzufangen.«

Ich machte ein paar Schritte Richtung Prinzipalmarkt, konnte Stürzenbecher jedoch nicht abhängen. »Ging es um den Anschlag im Dom?«

Ich guckte ihn mitleidig an. »Für wie blöd hältst du mich? Und bevor du es jetzt auf die harte Tour versuchst: Du wirst keinen Untersuchungsrichter finden, der mich in Erzwingungshaft nimmt, wenn ich denen verrate, daß der Bischof von Münster mein Mandant ist.«

»Ja, ja«, maulte Stürzenbecher, »ist mir schon klar. Die wissen mehr, als sie mir sagen. Wie soll ich denn die Täter finden, wenn mir wichtige Informationen vorenthalten werden?«

»Dein Problem.« Ich setzte meinen Weg unbeirrt fort.

»Scheiße.« Er nieste jämmerlich. »Du bist wirklich ein Freund.«

Er tat mir aufrichtig leid, aber nicht nicht so leid, daß ich dafür zehntausend Mark aufs Spiel gesetzt hätte.

Als die traurige, frostgeschüttelte Gestalt verschwunden war, kehrte ich um. Mitten im Gespräch mit Stürzenbecher war mir eine Idee gekommen. Mehr ein Impuls. Ich wollte mir das Bild ansehen, von dem der Weihbischof gesprochen hatte. Irgendwie war ich ja in die Geschichte verwickelt. Zumindest ein Mitglied dieses ominösen Kommandos Jan van Leiden mußte mich kennen, anders war nicht zu erklären, wieso mein Name in dem Bekennerbrief auftauchte. Und wenn schon der Weihbischof vermutete, daß ich mit den Erpressern unter einer Decke steckte, was würde dann erst die Polizei denken, wenn sie den Brief in die Finger bekam? Also konnte es nicht verkehrt sein, vor allen anderen herauszufinden, welcher von meinen Bekannten zum Kirchenhasser geworden war.

Der alte Mann mit Armbinde, der den Eingang des Paulus-Domes bewachte, wußte sofort Bescheid. »Das Waldeck-Bild von Lucas Drueger? Das hängt in der Domkammer. Aber im Moment ist es nicht zu besichtigen, es wird restauriert.«

Ich bedankte mich und ging durch das Kirchenschiff. Vor der Astronomischen Uhr aus dem 16. Jahrhundert standen ein paar Touristen und warteten auf einen Glockenschlag. Der meiste Andrang herrschte an der blankpolierten und von Johannes dem 23. signierten Grabplatte von Kardinal von Galen. Schließlich kam ich zu der seitlich gelegenen Domkammer.

»Erste Etage«, sagte der noch ältere Mann an der Kasse. »Leider mußten wir es abhängen.«

Waldeck hatte, wie an dem hellen rechteckigen Fleck an der Wand zu erkennen war, zwischen Kilian Wegeworts Johannes-Altaraufsatz und sechs Sybillen-Porträts (leicht mollige Frauen im mittleren Alter) gehangen.

Ich nahm das dritte Mitglied der Rentner-Band beiseite. »Ich komme von Monsignore Kratz«, raunte ich ihm zu. »Er hat mir erlaubt, das beschädigte Bild zu sehen. Sie wissen schon.«

Der Name Kratz wirkte wie ein Türöffner. Ohne nach meiner Legitimation oder irgendwelchen Unterschriften zu fragen, schloß der alte Mann die Tür zu einem Nebenraum auf. »Da!« sagte er und zeigte auf eine Wolldecke, aus der ein schwerer, goldbeschichteter Holzrahmen herausragte.

Ich lugte unter die Wolldecke. Franz von Waldeck saß auf einem Pferd, der zur Schlacht bereite Feldherr. Sein Blick war vermutlich fest und auf das in der Ferne gelegene Münster gerichtet gewesen, bevor er mitsamt dem ganzen Kopf von einem gezielten Säurespritzer weggeätzt worden war. Hinter mir blitzte es.

Ich fuhr herum. »Was soll das?«

»Schon gut«, lachte ein pockennarbiger Bursche mit Stoppelfrisur und umgehängten Fotoapparaten. »Du kommst nicht in die Zeitung.«

»Tobias Frank«, fauchte ich. »Der rasende Reporter der münsterschen Lokalpresse.«

Er schüttete sich aus vor Lachen. »Ein erhebender Moment, einen Meisterdetektiv bei der Arbeit zu sehen.«

Ich ging nicht darauf ein. Wie ich Frank kannte, würde er mich jetzt mit uninteressantem Klatsch vollquatschen. Deshalb mußte ich so schnell wie möglich Land gewinnen.

Die Rechnung ging nicht auf. Frank hing wie eine Klette an meiner Seite, als ich an den Heiligenreliquien vorbei die Treppe hinunterstürmte.

»Vor einem Monat der Gag mit den Wiedertäufer-Käfigen am Lambertiturm, und jetzt das hier. Da besteht doch ein Zusammenhang, ich bin mal gespannt, was uns Weihbischof Becker gleich erzählen wird. Weißt du was, ich glaube, daß dahinter ein Plan steckt. Fanatische Kirchengegner oder so. Davon gibt's doch genug in Münster. Vor Jahren haben die mal eine antiklerikale Woche veranstaltet. Und kannst du dich noch an die Demo vor dem Papstbesuch erinnern?«

Er redete ununterbrochen, bis wir das Hauptportal erreichten.

»Ich muß jetzt wirklich nach Hause, war nett mit dir zu plaudern«, sagte ich und schlug den Weg durch den Spiegelturm Richtung Kreuzviertel ein.

Im Briefkasten fand ich einen Brief meines Vermieters, der mir mit einer Räumungsklage drohte, falls ich nicht innerhalb von fünf Tagen die Mieten der letzten drei Monate bezahlen würde. Das hatte er schon öfter getan, und außerdem konnte dem Mann ja geholfen werden.

Und da ich gerade bei den unangenehmen Dingen war, schaltete ich den Anrufbeantworter ein. Die ersten drei Anrufe waren von Monsignore Kratz, der jeweils um einen Rückruf bat. Der vierte war von Sigi, die sich dafür entschuldigte, daß sie einem Monsignore Kratz die Nummer des *Alcatraz* gegeben habe, weil der einen so verzweifelten Eindruck gemacht habe. Und ob ich als Ausgleich für die Belästigung in meinem Stammlokal eine Einladung zum Essen annehmen würde. Heute abend in der *Casa Scala*.

III

Der Kellner stand einen halben Meter hinter mir und wartete darauf, daß ich den letzten Schluck des herben, aber zugleich süffigen und vollmundigen, auf jeden Fall erstklassigen Rotweins austrank. Ich tat ihm den Gefallen, und der serviettenbehangene Arm tauchte an meiner Seite auf, um den alten Pegelstand im Glas wieder herzustellen. Sigi hatte wirklich keine Kosten gescheut, um mich zu besänftigen.

»Du hättest den Weihbischof sehen sollen«, sagte ich zu ihr. »Und dann erst den Monsignore. So eine lange, dürre Krähe, bereit, mir die Augen auszuhacken. Die glauben doch, daß ich zu diesem verrückten Kommando Jan van Leiden gehöre.«

»Ich find das nicht witzig.« Sigi war ehrlich besorgt. »Wenn du das Geld überbringst, und sie schnappen die Erpresser nicht, können sie dich wegen Beihilfe drankriegen.«

Ich wiegelte ab. »Daran habe ich auch schon gedacht. Aber was haben sie in der Hand? Meinen Namen in einem Brief. Und nur die Wiedertäufer wissen, wie er da reingekommen ist. Trotzdem ...«, ich senkte die Stimme, »... interessiert mich natürlich, wer mir da die üppige Provision zukommen lassen will. Bislang ist mir aber niemand eingefallen, der abgedreht genug ist, um nachts auf den Lambertiturm zu steigen und die Käfige gelb anzumalen.«

Sigi schob den Teller zur Seite, auf dem sich eben noch ein Hirschragout mit überbackener Polenta befunden hatte. Seitdem ich meiner ehemaligen Sekretärin das Detektivbüro am Prinzipalmarkt überlassen hatte, war es zu einer überaus erfolgreichen Agentur geworden. Erfolgreicher jedenfalls, als ich es mir damals träumen ließ, und im Lichte dieses Nobelrestaurants, dessen Rechnung Sigi gleich ohne ein Wimpernzucken begleichen würde, dachte ich daran, daß in meinen aktuellen Existenzproblemen ein gehöriges Maß Eigenschuld, wenn nicht sogar Dummheit steckte.

Sigi machte einen kleinen Rülpser hinter der Leinenserviette. »Wir haben da gerade einen interessanten Fall. Ein verschwundener Junge, siebzehn Jahre alt. Hat so ziemlich alles durchgemacht, was es an obskuren Zirkeln gibt, von radikalen Tierversuchsgegnern über Okkultismus bis zu Schwarzen Messen.«

»Habt ihr eine Spur?« fragte ich höflich.

»Nein. Doch ich bin der Überzeugung, daß er sich noch in Münster oder Umgebung aufhält. Alle seine Betätigungsfelder hat er sich hier gesucht.«

Ich gähnte. »Ah. Ja?«

Sigis Augen verengten sich zu Schlitzen. »Verstehst du nicht, was ich meine, Georg? Vom Teufelskult zu den Wiedertäufern ist es nicht weit.«

»Oho«, protestierte ich. »Die Wiedertäufer waren gläubige Christen. Sie haben bloß überall Teufel gesehen, zum Beispiel in Luther und dem Papst in Rom.«

»Mein Gott, Georg, der Junge ist siebzehn. Das ist keine gefestigte Persönlichkeit. Und er stürzt sich mit Fanatismus in jede neue Aufgabe. Es ist nur eine Idee, aber sein Verschwinden fällt zusammen mit dem ersten Anschlag dieser sogenannten Wiedertäufer.«

»Na gut«, gab ich nach, »es ist eine Überlegung wert.«

»Wir könnten zusammenarbeiten.« Ihre Hand landete auf meinem Unterarm. »Selbstverständlich zahle ich dir ein angemessenes Honorar.«

Ich nahm ihre Hand und ließ sie auf den Tisch plumpsen. »Ich brauche dein Geld nicht. Das, was ich von der Kirche kriege, reicht völlig.«

Ihr säuerliches Schweigen wurde von dem Kellner unterbrochen, der sich geräuschlos an unseren Tisch geschlichen hatte. »Was wünschen Sie zum Dessert?«

»Was können Sie empfehlen?« fragte Sigi zurück.

»Frische Erdbeeren und Kiwi an Halbgefrorenem. Eine Spezialität des Hauses.«

»Gut.« Sie guckte mich an.

»Zweimal«, bestätigte ich.

»Was ist denn Halbgefrorenes?« flüsterte ich, nachdem das beschürzte Wesen mit Goldbrille, einem hobbykochenden Professor ähnlicher als einem schlichten Lakaien, verschwunden war.

Sigi lachte versöhnlich. »In Läden wie diesem sagt man nicht *Eis*. Das klingt viel zu banal.«

Nach dem edlen Wein auf, über und an Halbgefrorenem mußte ich noch ein vulgäres Bier zu mir nehmen. Also fuhr ich auf dem Rückweg beim *Alcatraz* vorbei und drängelte mich bis zur Theke durch. Meine Lieblingskellnerin war nicht zu sehen, aber Norbert stand hinter der Theke und zapfte wie am Fließband.

»Wie war's beim Monsignore?« begrüßte er mich. »Hast du das Geld?«

»Der Deal ist perfekt. Morgen kriege ich einen Scheck.«

»Hoffentlich ist er gedeckt.«

»Sei nicht so mißtrauisch! Die katholische Kirche ist reicher als Prinzessin Gloria.«

Er stellte mir ein Bier vor die Nase und sah mich mit treuen Hundeaugen an. »Ich wünsch dir, daß es klappt.«

Anscheinend behandelten mich heute alle als Sozialfall.

»Morgen abend«, sagte ich, »komme ich mit dem Geldkoffer. Möchtest du unregistrierte, benutzte Scheine?«

»Ich nehme alles, was nach Geld aussieht. Aber mach dir keine Sorgen! Für dich ist immer ein Bier im Hahn.«

Ich stand kurz davor, einen Rappel zu kriegen, und mußte dringend das Thema wechseln. »Wo ist eigentlich Anna?«

Norbert sah bekümmert aus. »Ich habe ihr eine Woche frei gegeben. Ihr Freund macht Ärger, von wegen zu selten sehen und so. Jetzt sind sie ein paar Tage zusammen weggefahren.«

Ich konnte Norberts Verständnis nicht nachvollziehen. »Warum schießt sie den Typen nicht in den Wind? Das ist doch dieser häßliche Kerl mit dem Nußknackergesicht?«

Norbert grinste schelmisch. »Lieben dich die Frauen wegen deiner Schönheit?«

Dazu fiel mir absolut nichts ein.

Mitten in der Nacht klingelte das Telefon. Ich hätte natürlich warten können, bis sich nach dem fünften Klingeln meine sonore Stimme melden und dem Anrufer erzählen würde, daß er das Privatdomizil von Georg Wilsberg angebimmelt und genügend Zeit habe, seine Nichtigkeiten auf Band zu sprechen. Komischerweise war ich fest davon überzeugt, daß nur ein Mann die Frechheit besaß, um (ich schaute auf die Uhr) vier Uhr morgens bei mir anzurufen.

Ich wartete nicht ab. Zum einen, weil die Ereignisse des vergangenen Tages mir einen sowieso nur unruhigen Schlaf gegönnt hatten, zum anderen, weil mich das dunkle Gefühl beschlich, daß der Anruf etwas mit ebendiesen Ereignissen zu tun haben mußte.

Es war eine Frau. Eine unbekannte obendrein. Sie sagte: »Bist du bereit?«

»Wozu?« fragte ich.

»Uns zu treffen. Wir wollen etwas mit dir besprechen.«

Ihre Stimme hatte einen angenehmen, warmen Klang, und das umstandslose *Du* schloß mich bereits in den Kreis der hunderttausend Gerechten ein.

»Wenn du mir verrätst, wer ihr seid und was dich auf die hirnrissige Idee bringt, mich um vier Uhr morgens zu wecken.«

Sie lachte. »Jan van Leiden. Sagt dir das was?«

»Ja. Aber du hast meine zweite Frage nicht beantwortet.«

»Sei nicht so hartnäckig«, tadelte sie mich. »Wir haben unsere Gründe.«

Ich knirschte mit den Zähnen und nannte mir selbst einen fünfstelligen Grund, nicht weiter herumzumeckern.

»Also gut«, lenkte ich ein. »Wann und wo?«

»In einer halben Stunde am Hawerkamp. Kennst du das alte Industriegelände, auf dem sich jetzt Künstlerateliers und Discos befinden? Warte einfach, bis wir dich ansprechen.«

Bevor ich dazu kam, einen Gegenvorschlag zu machen, war die Leitung tot.

Selbst tagsüber ist das Hawerkampgelände so unwirtlich, daß sich nur die Freaks dorthin verirren. Nachts und Ende Februar könnte es glatt als Kulisse für einen Postatomkriegsfilm herhalten. Ich verstand, wie sich *Blade Runner* Rick Deckard (alias Harrison Ford) gefühlt haben mußte, als er in den verlassenen Vororten von Los Angeles den Nexus-6-Androiden nachjagte. Immerhin, die Nexus-6-Typen waren kälteunemfindlich, und Deckard hatte eine Laserkanone in der Tasche, beides Vorteile, die ich schmerzlich vermißte, als ich bei zwei Grad Minus auf dem brüchigen Asphalt hin- und herging, mir die vom Zahn der Zeit und von Abbruchfirmen ausgeschlachteten

Industrieruinen anguckte und bei jedem metallischen Knarren (davon gab es reichlich) zusammenzuckte.

Langsam kroch die Kälte in mir hoch, unterhalb der Knie war sowieso schon alles taub. Nicht mal einen Gully, aus dem warmer Dampf quoll, gab es hier. Sowas kennt man nur in der Ex-DDR und aus Filmen von Ridley Scott (der auch den *Blade Runner* gemacht hat).

Eine Stunde lang war ich der einsamste und verfrorenste Mensch von Münster. Dann sagte ich mir, daß mich die Wiedertäufer, speziell solche mit angenehmen Frauenstimmen, mal kreuzweise können, und strebte mit dem Gedanken an einen warmen Kakao in einem warmen Bett meinem Auto entgegen.

Zwanzig Meter von meinem entfernt parkte ein anderer Wagen, der dort vorhin noch nicht gestanden hatte. An den beschlagenen Fenstern erkannte ich, daß etwas Menschliches im Inneren sein mußte. Entweder ein auf Extremerlebnisse versessenes Liebespaar oder …

Die Tür ging auf, und Stürzenbecher putzte sich die Nase. Mit gemächlichen Schritten kam er zu mir herüber.

»Schöner Morgen, nicht?« sagte ich mit klappernden Zähnen. »Was machst du hier? Frühsport?«

Er nieste. »Ich hole mir den Tod. Das war das Letzte, was mir zur Lungenentzündung fehlte.«

Er sagte das irgendwie vorwurfsvoll, was mich zu der Bemerkung veranlaßte: »Ist das etwa meine Schuld?«

Ein anderer Kerl schälte sich aus dem Wagen und rief: »Soll ich die Jungs abziehen?«

»Schick sie nach Hause!« brüllte Stürzenbecher zurück. »Sie sollen sich ausschlafen.«

Ich begriff. »Ihr habt das Gelände überwacht. Du hast gedacht, du kannst die Leute schnappen, die die Anschläge gemacht haben.«

Stürzenbecher schnüffelte.

»Moment mal«, fuhr ich fort, »mir ist niemand gefolgt, da bin ich ganz sicher. Also hast du mein Telefon abgehört. Verdammter Mistkerl.«

»Na na«, brummte Stürzenbecher. »Was sollten wir denn machen? Du bist unsere einzige Spur.«

»Scheiße!« fluchte ich. »Du hast alles vermasselt. Deshalb habe ich hier eine Stunde in der Kälte herumgestanden. Laß mich raten: An allen Zufahrtsstraßen standen Polizeiwagen mit rotierendem Blaulicht?«

Stürzenbecher kramte in seiner Tasche und förderte ein verklebtes Papiertaschentuch zutage. »Die Polizei mag ja auf dem rechten Auge sehbehindert sein, aber sie ist nicht blind und taub. Wir verstehen unsere Arbeit.«

»Dann kannst du mir sicher erklären, warum die ... äh ... warum meine Anruferin nicht gekommen ist.«

Er trompetete ins Taschentuch. »Ich gebe ja zu, daß vielleicht eine Panne passiert ist. Aber wir mußten es versuchen.«

»Weißt du, daß mich das zehntausend Mark kosten kann?« Ich biß mir auf die Lippen. Jetzt hatte ich mich auch noch verplappert.

»Ach«, schnappte Stürzenbecher nach, »soviel zahlt dir der Bischof?«

Ich schüttelte den Kopf. »Ich habe nichts gesagt.«

Stürzenbecher lehnte sich an die Autotür und suchte den Himmel ab. Wahrscheinlich nach einer Sternschnuppe, dem ersten Sonnenstrahl oder einem unbekannten Flugobjekt. »Das Ganze war ein Test. Die wollten sehen, ob du überwachst wirst.«

»Immerhin weißt du jetzt, daß ich nicht einer von denen bin.«

»Wer sagt mir, daß die Idee für den Test nicht von dir stammt?«

IV

Das Büro von Monsignore Kratz lag auf dem Horsteberg, einen Steinwurf vom Dom und einen Speerwurf vom Bischofspalais entfernt. (So, wie in Münster überhaupt alles dicht beieinander liegt und jeder jedem jederzeit begegnet, aber das ist wieder ein anderes Thema.) Kratz machte einen gestreßten Eindruck und wollte mich schnell wieder loswerden. Ich unterschrieb den Vertrag, der mich zur Verschwiegenheit verpflichtete und die Honorarfrage klärte. Er rückte einen Scheck heraus, und dann erzählte ich ihm von der nächtlichen Telefonaktion. Damit hatte ich seine Aufmerksamkeit gewonnen.

»Was erlaubt sich die Polizei? Wir haben sie nicht um Einmischung gebeten.«

»Die Jungs machen nur ihre Arbeit. Trotzdem fürchte ich, daß die Geldübergabe schwierig wird, wenn ich die gesamte Kripo Münsters an den Fersen habe.«

»Wie heißt der Kommissar, der das veranlaßt hat?«

»Stürzenbecher. Sie erkennen ihn an einer schweren Grippe.«

»Ich werde Weihbischof Becker davon berichten. Er soll sich mit dem Vorgesetzten dieses Stürzenbecher in Verbindung setzen. Die Operation muß geräuschlos über die Bühne gehen.«

»Was ich nicht verstehe«, sagte ich, während mir Kratz die Hand auflegte und mich aus seinem Büro schob, »warum wollen Sie den Wiedertäufern eigentlich die Fünfhunderttausend in den Rachen werfen? Ich meine, da müssen eine ganze Menge Kirchensteuerzahler ziemlich lange dran abzahlen. Und das nur, weil irgendwelche Clowns

Käfige gelb anmalen und ein Bild von Bischof Waldeck retuschieren.«

Der Monsignore ließ das Wort auf der Zunge zergehen: »Clowns? Wir dachten, daß Sie denen, nun, eher wohlwollend gegenüberstehen.«

»Alle Welt glaubt, daß ich mit dem Kommando Jan van Leiden unter einer Decke stecke. Ich versichere Ihnen, daß ich gestern morgen zum ersten Mal davon gehört habe.«

Kratz hatte mich auf den Flur bugsiert. »Wie dem auch sei, Herr Wilsberg. Erfüllen Sie einfach Ihre Aufgabe, und überlassen Sie das Denken uns. Guten Morgen.«

Das war deutlich. Mit einer leichten Tendenz zur Unverschämtheit. Immerhin wußte ich jetzt, wie hoch mein Preis fürs Nichtdenken war.

Herr Bosse von meiner Hausbank, mit dem ich in den letzten Wochen und Monaten mehrere ernsthafte Gespräche führen mußte, zeigte sich erleichtert über den Scheck, den ich ihm überreichte, weil das Papier meinen Kontostand wieder in den Bereich des eingeräumten Dispo-Kredites bringen würde. Dagegen kostete es mich einige Überredungskunst, ihn davon zu überzeugen, daß er meinen Vermieter mit drei Monatsmieten beglücken und mir außerdem noch tausend Mark in bar aushändigen müsse. Erst als ich ihm hoch und heilig versprach, demnächst einen weiteren Scheck über zehntausend Mark einzureichen, gab er klein bei.

Als nächstes auf meiner Liste stand die Familie des verschwundenen Jungen. Zwar gab ich nicht allzu viel auf Sigis Idee, daß ein Zusammenhang zwischen dem Abtauchen des siebzehnjährigen Okkultisten und dem Kommando Jan van Leiden bestehen könnte, doch in Ermangelung einer besseren Idee suchte ich die Kleine-Schüttringhausens in ihrem netten Einfamilienhaus in Münster-Gievenbeck auf.

Ein etwa siebenjähriges Mädchen öffnete die Tür und erzählte mir, daß der Papa bei der Arbeit sei. Dann kam die Mutter angeschossen und musterte mich mißtrauisch.

»Ich komme vom Detektivbüro Bach. Es geht um Ihren Sohn Andreas.«

»Gibt's was Neues?« fragte sie ängstlich. Sie hatte ein langes Gesicht mit einem verkniffenen Mund und übernächtigten Augen. Die blondgesträhnten Haare hingen kraftlos auf den grauen Rollkragenpulli.

»Nein. Wir haben noch keine Spur. Wenn Sie nichts dagegen haben, würde ich mich gerne in seinem Zimmer umsehen.«

Sie rührte sich nicht vom Fleck. »Aber wozu? Das habe ich doch alles mit Frau Bach besprochen.«

»Ich weiß. Es geht nur darum ... Wir haben möglicherweise etwas übersehen.«

»Na schön.« Sie machte den Eingang frei. »Wenn's hilft, Andreas wiederzufinden.«

Sie war groß und wirkte auf eine maskuline Art kräftig. Ich tippte auf einen regelmäßigen Diät-Plan und Problemzonentraining in einem Gesundheits-Center. Jedenfalls schaffte sie die enge Wendeltreppe mit erheblich mehr Leichtigkeit als ich.

Andreas' Zimmer hatte eine Dachschräge, ein kleines Fenster, das den Blick auf den eigenen und ein Dutzend anderer Gärten gestattete, und war mit den üblichen bunten Postern zugehängt. Das heißt, die Poster zeigten keine Metal-Trash- oder andere Musiker-Größen, sondern den Neo-Satanisten Alex Crowley, ein Wald-Ritual mit schwarzen Kapuzen-Männern und eine wie ein Festessen auf einem Steintisch drapierte nackte Frau, die von brennenden Kerzen umgeben war.

Frau Kleine-Schüttringhaus, die meinen erstaunten Blick bemerkte, zuckte mit den Schultern. »Keine Ahnung, woher er seine sonderbaren Interessen hat. Von uns jedenfalls nicht. Wir sind zwar keine gläubigen Christen, aber das da ...«, sie zeigte auf die nackte Frau, »... finde ich einfach nur widerlich.«

»Siebzehnjährige machen gerne Sachen, die ihre Eltern widerlich finden«, gab ich zu bedenken. »Hat Andreas mal was über die Wiedertäufer erzählt?«

»Ist das auch so eine Sekte?«

»Nein. Ich meine: ja. Aber sie ist seit dem sechzehnten Jahrhundert nicht mehr aktiv.«

»Wenn die nicht Hähnen die Köpfe abschlagen oder mit Geistern reden, glaube ich kaum, daß Andreas sich für sie interessiert.«

Sie nahm ein staubbedecktes Tarot-Spiel vom Regal und blätterte die Karten auf.

»Frau Kleine-Schüttringhaus«, setzte ich vorsichtig an.

»Ja?«

»Wann haben Sie das letzte Mal mit Andreas gesprochen?«

Sie warf die Karten achtlos auf den Schreibtisch. »Wie meinen Sie das?«

»Richtig geredet. Alles, was über ›Hast du deine Schularbeiten gemacht?‹ und ›Wann kommst du heute abend zurück?‹ hinausgeht.«

Ihre Augen bekamen einen Schleier. »Zum letzten Mal versucht habe ich es vor zwei Monaten. Es war zwecklos. Andreas steht seinem Vater sowieso näher als mir. Ich bin nicht seine richtige Mutter, wissen Sie. Aber das ist es nicht. Er huldigt diesem Macho-Kult und -Gehabe. Da passen Frauen einfach nicht rein. Es sei denn...«, sie streckte ihr Kinn in Richtung der nackten Frau, »... als Opferlamm.«

»Dann war es sicher die Idee Ihres Mannes, uns zu beauftragen?«

Der Schleier verschwand, und ihre Augen blitzten auf. »Andreas ist mir nicht gleichgültig, wenn Sie das meinen. Ich habe die Hoffnung noch nicht aufgegeben, daß ich zu ihm durchdringen kann.«

»Mama!« schrie das Mädchen von unten.

»Sie kommen alleine zurecht, nehme ich an. Und lassen Sie bitte alles so, wie es ist!«

»Ja, natürlich«, sagte ich.

Die Frau war mir nicht unsympathisch, aber ich konnte mich des Eindrucks nicht erwehren, daß mein Charme bei ihr überhaupt nicht ankam.

Nachdem ich mich ausgiebig im Genick gekratzt hatte, bemerkte ich, daß es in dem Raum empfindlich kalt war. Also drehte ich die Heizung auf und setzte mich an den Schreibtisch. Obendrauf lagen ein paar Papiere, die nach Schule aussahen, und unter dem Fenster stand ein schwarzer Ghetto-Blaster. Ich schaltete ihn ein. Als Radiohörer unterschied sich Andreas nicht vom Durchschnitts-Münsteraner. Aus den Lautsprechern seiherte der Dudelfunk des lokalen Kommerzsenders.

Dann öffnete ich die oberste Schublade und packte den Inhalt auf die Schreibtischplatte. Eine Menge Fotos. Der auf fast allen vertretene Jüngling mit den braungelockten Haaren mußte wohl Andreas sein.

Die anderen Schubladen brachten auch keine neuen Erkenntnisse. Ich stand auf und ging zu dem Bücherregal. Bei den Romanen dominierte das Fantasy-Genre. Auf den Schutzumschlägen häuften sich blondgelockte Siegfriede, die mit ihren Schwertern herumfuchtelten. In der Sachbuchabteilung gab es ein paar Bücher über das Mittelalter, dazu ein Werk über Tarot und eins über die geistigen Kräfte des Pendels, was man halt so liest als aufgeweckter

Okkultist. Ich stutzte, ließ meinen Blick zurückwandern und nahm ein Buch heraus. »Der König der letzten Tage« von Barret und Gurgand[1]. Auf dem Umschlag ein arroganter Wichtigtuer auf einem Thron, umkreist von graumäusigen Jüngern. *Der Roman der Wiedertäufer zu Münster,* lautete der Untertitel. Das konnte ein Zufall sein, oder auch nicht.

»Wir unterbrechen die Sendung für eine wichtige Nachricht«, quäkte eine aufgeregte Stimme aus dem Ghetto-Blaster. »In der Innenstadt von Münster hat es einen Anschlag gegeben. Nach Informationen der Polizei haben Unbekannte versucht, in die katholische Bistumsbank einzubrechen. Dabei kam es zu einer Detonation. Allem Anschein nach gab es keine Toten oder Verletzten. Ein Team von Radio Münster ist bereits auf dem Weg zum Tatort. In wenigen Minuten erwarten wir einen ersten Bericht. Bis dahin …«

Ich stürzte die Wendeltreppe hinunter.

Sie stand am unteren Ende. »Haben Sie etwas gefunden?«

»Nein. Ich muß nur schnell weg. Aber vielleicht komme ich noch einmal vorbei.«

»Rufen Sie mich vorher an!« schrie sie mir nach. »Ich bin oft unterwegs.«

Die Bistumsbank liegt, man ahnt es bereits, im Schatten des Domes, anderthalb stramme Fußminuten vom Domplatz entfernt. Immerhin, das Gebäude ist kein ehemaliges Kloster, sondern ein Neubau im münsterschen Back-

---

1 Pierre Barret und Jean-Noel Gurgand: Der König der letzten Tage. Zuerst erschienen 1981 bei Hachette, Paris. Die deutsche Übersetzung wurde mehrfach veröffentlicht, zuletzt im Ernst Kabel Verlag, Hamburg, 1993. In dieser Ausgabe befindet sich ein Foto- und Text-Sonderteil zum ZDF-Film *König der letzten Tage.*

steinkonfektionsstil, und im Inneren werden auch keine Ablaßbriefe verkauft, sondern Aktien und Kommunalobligationen.

Stürzenbecher stapfte durch die glasübersäte Halle wie ein Fakir nach einem mißlungenen Selbstversuch. Als er mich sah, gab er den Polizisten am Eingang die Order, mich durchzulassen.

»Guck dir diese Schweinerei an! Das waren bestimmt deine Freunde.«

»*Meine* Freunde haben nichts gegen Glasscheiben.«

Er machte eine wegwerfende Handbewegung. »Zum Glück befand sich niemand in der unteren Etage, als der Knallfrosch explodierte. Er ist in einem Abfallbehälter deponiert worden. Der Zeitzünder war so eingestellt, daß er in der Mittagspause hochging.« Stürzenbecher leckte sich über die Lippen. »Die wollten gar kein Geld klauen. Die wollten nur ein bißchen Budenzauber veranstalten.« Er guckte mich fragend an.

»Erwartest du von mir eine Erklärung?«

»Warum nicht? Bankräuber, die sich nicht für Geld interessieren, sind für mich unbekannte Wesen.«

Ich zuckte mit den Schultern. »Da kann ich nur Che Guevara zitieren. Der sagte bei seiner Amtseinführung als Finanzminister: ›Das einzige, was ich von Geld weiß, ist, daß es abgeschafft werden sollte.‹«

Stürzenbecher glotzte mich an, als wäre ich ein BSE-Rind. »Willst du mich verarschen?«

Ich seufzte. »Die Leute, die das machen, haben etwas gegen die Kirche. Das ist meine Erklärung.«

Wie aufs Stichwort rauschten Weihbischof Becker und Monsignore Kratz herein. An der Absperrung vor dem Bankeingang gab es einen kleinen Tumult. Einige Reporter hatten versucht, sich zusammen mit den Geistlichen durch die Polizeikette zu mogeln. Unter ihnen erkannte ich auch Tobias Frank, der seinen Fotoapparat über dem Kopf hielt.

Weihbischof Becker schien mächtig erregt zu sein. Sein weißes Haar stand wirr nach oben, und das Kinn zitterte leicht. »Wer hat hier das Kommando?« donnerte er.

»Ich«, meldete sich Stürzenbecher.

Becker faßte ihn streng ins Auge. »Sind Sie Stürzenbecher?«

Der Hauptkommissar gab es zu.

»Dann sind Sie für diesen Schlamassel verantwortlich.«

Stürzenbecher wurde noch bleicher, als er ohnehin schon war. »Was wollen Sie damit sagen?«

»Dieser Mann hier ...«, Beckers Pranke landete auf meiner Schulter und drückte mich zwei Zentimeter nach unten, »... arbeitet in unserem Auftrag. Wenn Sie sein Telefon nicht abgehört hätten, wäre es vielleicht schon längst zu einer Einigung mit den Missetätern gekommen.«

Stürzenbecher war konsterniert. »Sie wollen auf eine Erpressung eingehen?«

Becker zog die Schachtel Marlboro aus der Tasche und steckte sich, ohne Kratz eines Blickes zu würdigen, einen Glimmstengel zwischen die wulstigen Lippen. Die erste Rauchwolke bekam Stürzenbecher ab. »Nennen Sie es, wie Sie wollen. Ich rate Ihnen dringend, Herrn Wilsberg nicht weiter zu beobachten oder zu verfolgen. Er muß sich vollkommen frei bewegen können.«

»Aber ...« stammelte Stürzenbecher fassungslos.

Mit alttestamentarischem Zorn grollte der Weihbischof: »Was die Kirche macht und was sie nicht macht, geht die Polizeikräfte dieser Stadt nichts an. Oder wollen Sie sich demnächst mit Parksündern auf dem Domplatz beschäftigen?«

V

»Darf ich mal einen Blick hineinwerfen?« bat ich den Monsignore, als er den schwarzen Lederkoffer vor mich hinstellte.

»Glauben Sie, daß wir Sie mit einem Haufen alter Zeitungen fortschicken?«

»Das Glauben überlaß ich Leuten, die mehr davon verstehen. Ich trau lieber meinen Augen.«

Kratz stieß etwas aus, das nach einem Stoßgebet klang, fummelte an dem Zahlenschloß, und der Koffer schnappte auf. Hundertmarkscheine, bündelweise.

Sofort klappte der Monsignore den Koffer wieder zu und verstellte die Zahlenkombination. »Versuchen Sie nicht, den Koffer zu öffnen! Die richtige Zahlenkombination befindet sich in diesem Brief.« Er reichte mir einen Briefumschlag mit einem dicken roten Siegel. »Er ist versiegelt, wie Sie sehen. Das ist mit den Erpressern so vereinbart. Sollte das Siegel gebrochen sein, platzt die Geldübergabe, und wir werden Sie zur Rechenschaft ziehen.«

»Wissen Sie was?« sagte ich mit einem dünnen Lächeln. »In früheren Zeiten, als ich mir die Klienten noch aussuchen konnte, hätte ich jemanden wie Sie abgelehnt.«

Kratz grinste. »Die früheren Zeiten sind vorbei, nicht wahr? Heute sind Sie auf jede mildtätige Mark angewiesen. Und wir möchten Sie nicht in Versuchung führen.«

Ich nahm den Koffer. »Was ich mich die ganze Zeit frage, Monsignore: Haben Sie eigentlich auch so eine Porno-Videosammlung? Oder belästigen Sie lieber Meßdiener?«

»Gehen Sie!« fauchte er. »Und treten Sie mir nie wieder unter die Augen!«

»Auch gut«, sagte ich. »Aber vergessen Sie nicht, mir den zweiten Scheck zuzuschicken.«

Als ich ihn verließ, murmelte er etwas, das sich wie »Fegefeuer« anhörte.

Das Taxi wartete vor der Tür und brachte mich zum Aasee. Der Koffer klemmte zwischen meinen Knien. Ein seltsames Gefühl, mit fünfhunderttausend Mark spazieren zu fahren. So ähnlich mußte sich ein frisch bestochener Politiker fühlen.

Die Geldübergabe sollte auf dem Aasee erfolgen, genauer gesagt, in der ›Professor Landois‹, dem bekanntesten und einzigen Aasee-Kreuzfahrtschiff, das vom Frühling bis zum Herbst in stündlichem Rhythmus den Aasee auf- und abschipperte. Seinen Namen hatte es von dem Begründer des münsterschen Zoos, einem ordinierten Priester und späteren Tierfreund[2].

Das Taxi hielt auf der Adenauerallee, und ich ging die Treppe zur Anlegestelle hinunter. Der Fahrbetrieb war erst vor wenigen Tagen wieder aufgenommen worden und das Publikumsinteresse an diesem Werktag gering, zumal der Himmel bewölkt und die Luft alles andere als frühlingshaft warm war.

Der Kapitän begrüßte jeden Fahrgast per Handschlag, was nicht besonders zeitaufwendig war. Außer mir stie-

---

2 Hermann Landois (1835–1905) wurde 1859 zum Priester geweiht, entschied sich dann aber für den Beruf des Gymnasiallehrers und promovierte über das Nervensystem der Insekten. 1873 wurde er zum Professor ernannt und erhielt 1876 einen Lehrstuhl für Zoologie, nachdem er 1874 den »Westfälischen Zoologischen Garten Münster« gegründet hatte, den er durch persönlichen Einsatz und geschickte Öffentlichkeitsarbeit finanziell über Wasser hielt.
Zusammen mit dem »Tollen Bomberg« (Baron Giesbert von Romberg), dem anderen münsterschen »Original«, bildete er ein bekanntes humoristisches Duo, das die damalige Öffentlichkeit mit derben Späßen unterhielt oder vor den Kopf stieß.

gen noch ein junger Mann, ein älteres Ehepaar und zwei Mütter mit einer Horde schreiender Kinder ein.

Ich setzte mich auf den vorbestimmten Platz, den drittletzten auf der rechten Seite. Vorher nahm ich den Zettel vom Sitz, der dort gelegen hatte. Während wir ablegten, las ich: »Steigen Sie am Zoo aus und gehen Sie zum Elefantenhaus. Stellen Sie den Koffer hinter der Sitzbank ab, werfen Sie den Brief in den Papierkorb.«

Einer oder eine im Boot gehörte zum Kommando Jan van Leiden, da war ich ganz sicher. Sie wollten sehen, ob ich verfolgt wurde. Nach dem negativen Test neulich am Hawerkamp ein ganz vernünftiger Gedanke. Während der Taxifahrt zum Aasee hatte ich darauf geachtet, ob uns ein grauer Audi oder ein anderes, betont unauffälliges Auto mit zwei männlichen Insassen im mittleren Alter gefolgt war, aber nichts bemerkt. Andererseits konnte Stürzenbecher erfahren haben, daß die Übergabe auf dem Aasee erfolgen sollte, und seine Truppen rund um das münstersche Naherholungsparadies konzentriert haben.

Ich betrachtete meine Mitreisenden. Der Kapitän, dick wie ein blauer Bär, lenkte seine Nußschale, die gerade mal eine Schulklasse oder einen Kegelverein faßte, durch das seichte Wasser. Die beiden Mütter verteilten Tadel und Bonbons an ihre kreischenden Kinder und waren damit beschäftigt, sie davon abzuhalten, ins Wasser zu fallen. Das ältere Ehepaar unterhielt sich angeregt, und der junge Mann schaute übers Wasser zur Mensa auf der anderen Uferseite. Niemand beachtete mich.

Die erste Haltestelle hinter der Aaseebrücke war verwaist. Ich hielt Ausschau nach hinter Büschen versteckten Polizisten, entdeckte aber nichts Menschliches. Da keiner der Fahrgäste aussteigen wollte, nahm der Kapitän direkt Kurs auf den Zoo.

Ein kühler Wind kam auf, und ich fror unter meinem

dünnen Trenchcoat. Die ›Professor Landois‹ kämpfte sich durch die Mini-Wellen. Gut, daß der Aasee so klein war. Ein größeres Gewässer und ein bißchen Sturm – und die ›Professor Landois‹ würde nicht sicherer sein als die dreifach überladenen Fähren in Bangladesch.

Kurze Zeit später glitten wir in langsamer Fahrt durch den schmalen Kanal, der zum Zoo führte, aufmerksam beobachtet von Flamingos und anderem Federtier.

Der Kanal mündete in ein von Spundwänden umstelltes Loch, das eine Kehrtwendung zuließ. »Zoologischer Garten«, verkündete der Kapitän durchs Mikrofon.

Alle standen auf, der junge Mann, das ältere Ehepaar, die Mütter, die Kinder und ich. Jenseits des Laufstegs wartete eine größere Gruppe, die den Zoobesuch bereits hinter sich hatte und nun zum Ausgangspunkt zurückwollte. Ich war darauf gefaßt, daß mich jemand ansprechen oder mir die Tasche aus der Hand reißen würde. Aber nichts geschah.

Also ging ich zur Kasse und kaufte eine Eintrittskarte. Nun, dann eben im Elefantenhaus. Das Kommando Jan van Leiden liebte es kompliziert. Sollten sie ihren Spaß haben.

Weder die Affen noch die Seelöwen interessierten sich für den Koffer, den Hyänen hätte ich es ohnehin nicht zugetraut.

Am Eingang des Elefantenhauses schlug mir eine warme, stinkende Luft entgegen, verursacht von der Klimaanlage und der regen Darmtätigkeit der Nilpferde und Nashörner. Der Neubau des Elefantengeheges war soweit fortgeschritten, daß man bereits die einem Tarzan-Film der dreißiger Jahre nachempfundene Wandgestaltung bewundern konnte. Ich blickte mich um. Die beiden Mütter mit den Kindern hatten auch den Weg ins Elefantenhaus gefunden. Na gut. Ich stellte den Koffer hinter der Sitzbank ab und warf den Brief in den Papierkorb. Bald würde jemand um fünfhunderttausend Mark reicher sein. Wozu so ein Wiedertäufer-Tick doch gut sein konnte.

Anschließend postierte ich mich auf dem Kinderspielplatz und beobachtete das Elefantenhaus. Eine Kleinigkeit blieb für mich noch zu tun: herauszufinden, wer vom Kommando Jan van Leiden mich kannte. Nicht nur aus professioneller Neugier, sondern auch wegen des drohenden Damoklesschwertes der Mitwisser-, wenn nicht -täterschaft.

Eine junge Frau mit roten Haaren schlenderte vom Geierkäfig zum Elefantenhaus. Sie trug einen schwarzen Wollmantel und einen kleinen Rucksack. Und dann tauchte der junge Mann aus der ›Professor Landois‹ auf. Ich hatte ihn schon auf dem Boot erkannt. Er sah etwas anders aus als auf den Fotos, die ich vor drei Tagen betrachtet hatte. Aber ganz zweifellos handelte es sich um Andreas Kleine-Schüttringhaus, den verschwundenen Okkultisten.

Er tuschelte kurz mit der Frau und ging dann weiter, direkt auf mich zu. Ich duckte mich tiefer.

»Haben Sie etwas verloren?«

Eine resolute ältere Dame stemmte ihre Fäuste in die Hüften. Ich sah ihr an, daß sie mich für einen potentiellen Kinderschänder hielt.

»Ja. Es muß hier irgendwo liegen.« Ich beugte mich zum Boden und betastete die feuchte Erde.

»Was ist es denn?«

»Nicht so wichtig. Bemühen Sie sich nicht!«

Sie blieb zwischen mir und den spielenden Kindern stehen. Inzwischen hatte Andreas den Spielplatz passiert, und ich richtete mich auf.

»Da kann man nichts machen«, sagte ich zu der Frau

und klopfte den Dreck von den Händen. Sie verfolgte meinen Abgang mit einem Ausdruck des Ekels. Ältere Damen haben rein gar nichts für potentielle Kinderschänder übrig.

Durch das Intermezzo hatte ich die Frau mit dem Rucksack aus den Augen verloren. Aber ich war ziemlich sicher, daß sie im Elefantenhaus die Scheine in ihren Beutel umlud.

Langsam ging ich Richtung Eingang. Dort waren auch die Ausgänge, zwei an der Zahl und dicht beieinander. Das machte die Sache einfacher. Am Kiosk kaufte ich mir ein schwarzes Magnum und betrachtete die Statue von Professor Landois: ein kleines, stämmiges Männchen mit Brille, Zylinder und Spazierstock. Am Sockel des Denkmals hing eine Bronzetafel mit einem Gedicht des auch als Heimatdichter bekannten Zoodirektors. Es war im münsterschen Platt geschrieben, und die letzten beiden Zeilen lauteten: »Un well't von vüörn nicht lieden kann/Magt Achterdeel betrachten«. Auf Hochdeutsch etwa: »Wer mich von vorn nicht leiden kann, kann mich mal am A... lecken«[3].

Die Frau mit dem Rucksack hatte keinen Blick für mich oder Professor Landois. Zügig strebte sie dem Drehkreuz am Ausgang entgegen, und ich hatte Mühe, Anschluß zu halten.

---

3 Die beiden Zeilen wurden ganz unterschiedlich interpretiert. Ein Professor für Geschichte, der sich mit der Schwulenbewegung Münsters beschäftigte, hielt sie für eine »analerotische Provokation«. In diesen Zusammenhang paßt Landois' Vorliebe für Travestie. Seine 1875 gegründete »Abendgesellschaft des Zoologischen Gartens« führte jährlich eine plattdeutsche Posse auf, bei der alle Frauenrollen von Männern übernommen wurden. Vgl.: Bernd-Ulrich Hergemöller: Münster von hinten, in: Stadtbuch – 1200 Jahre Münster, Stadtblatt Verlag, 1993.
Sein Denkmal ließ sich Professor Landois übrigens selbst errichten, in vermutlich berechtigtem Mißtrauen gegenüber der Nachwelt.

Sie ging nach links, zu den Parkplätzen. Das hatte ich befürchtet. Jetzt mußte ich ganz schnell zu einem fahrbaren Untersatz kommen, fragte sich nur, wie.

Es kam noch schlimmer. Sie warf den Rucksack nicht in irgendeinen Wagen, nein, sie schleuderte ihn auf den Notsitz eines weißen Porsche. Und Porschefahrer haben die Angewohnheit, gewöhnlichen Sterblichen durch einen Tritt aufs Gaspedal zu zeigen, wie überaus mittelmäßig sie in ihren Mittelklassewagen sind.

Eine fünfköpfige Familie kletterte gerade aus einem Kombi. Ich zog meinen Detektivausweis aus der Tasche und hielt ihn dem vollbärtigen Familienoberhaupt vor die Nase. »Polizei. Ich brauche Ihren Wagen für eine Verfolgung.«

Der Mann wurde bleich wie eine Kalkwand. »Was? Wieso?«

»Wenden Sie sich an Hauptkommissar Stürzenbecher im Polizeipräsidium. Dort bekommen Sie Ihr Auto zurück.«

Und schon hatte ich ihm den Schlüssel aus der Hand gerissen.

Der Vollbart brabbelte etwas von einer Quittung.

Nicht antworten! Tür zuknallen und starten, sagte ich mir. Die Mutter kreischte auf und riß die beiden kleinsten Kinder aus der Gefahrenzone. Die Beifahrertür klappte automatisch zu, als ich beschleunigte. Zwei Wagen vor mir erreichte der Porsche die Schranke. Nervös fingerte ich ein Zweimarkstück aus dem Portemonnaie. Hoffentlich hatten die im Auto zwischen uns das nötige Kleingeld.

Hatten sie. Vom Porsche sah ich nur noch einen weißen Fleck, der durch die Äcker Richtung Roxel düste. Jetzt bloß keine Landpartie!

Am Dingbängerweg bog der Porsche nach links ab.

Gottseidank, wir näherten uns wieder der Stadt. Die Geldbotin nahm die neue Umgehungsstraße, deren Vierspurigkeit sich glücklicherweise noch im Bau befand. Schwere LKWs degradierten den Porsche zum gewöhnlichen Schleicher.

Außerdem schien sie keine Draufgängerin zu sein, was mir auf dem Albersloher Weg, der uns durch Gremmendorf führte, zugute kam. Sie blieb nicht lange auf der Ausfallstraße, sondern lenkte ihr Geschoß in eine kleine Allee, die in einen idyllischen Vorort namens Angelmodde-Dorf mündete. Dahinter wurde die Besiedelung wieder dünner, die Landschaft ländlicher und die Verfolgung auffälliger. Ich ließ mich zurückfallen und sah, wie sie in der Ferne in eine Zufahrt zu einem alleinstehenden Haus einbog. Das war's dann wohl. Ende des erfolgreichen Verfolgungsromans: Der Detektiv und die Frau im Porsche.

Ich parkte in der nächsten Ausbuchtung, steckte mir einen Zigarillo an und machte einen Waldspaziergang. Soviel frische Luft wie heute hatte ich schon lange nicht mehr geschnuppert.

Mein Ziel war, mich dem Haus von der Waldseite zu nähern, kein aufwendiges, aber durch den matschigen Untergrund auch nicht gerade erfreuliches Vorhaben.

Mit nassen Schuhen und dreckigen Hosenschlägen erreichte ich das im Fachwerkstil gebaute und mit lustigen, rotweißgestrichenen Fensterläden verzierte Haus. Es dämmerte bereits, und ich schlich ungeniert zu einem Fenster, um einen Blick ins Innere zu werfen. Ein gemütliches Wohnzimmer mit bunten Sofas und einem brennenden Kamin. Aber keine Menschenseele.

Hinter mir kläffte ein Hund. Ich drehte mich um. Drei Gestalten mit schwarzen Skimützen, die über die Gesichter gezogen waren. Sechs Augenschlitze, die mich anstarrten.

»Hallo«, sagte ich.

Der Hund kläffte erneut und zerrte an der Leine.

»Ist er gefährlich?« fragte ich.

»Ja«, kam die Antwort.

Wir standen etwas verlegen herum.

»Ich bin zufällig vorbeigekommen«, versuchte ich zu erklären. »Tut mir leid, wenn ich Sie gestört habe.«

»Gehen Sie rein!« sagte die Stimme.

»Wo rein?« Ich zeigte aufs Haus. »Da hinein?«

»Ja.« Die Stimme war furchtbar gesprächig.

»Ich will Sie nicht weiter belästigen. Und, offen gestanden, habe ich heute noch was vor.«

Die Stimme zeigte mir einen Gummiknüppel, den sie hinter dem Rücken gehalten hatte.

»Sie meinen das also ernst, wie? Na gut, ich beuge mich der Gewalt.«

Und dann brachten sie mich in den Keller und schlossen mich ein.

VI

Der Keller war von einer Art, wie sie Lungenkranken von den Allgemeinen Ortskrankenkassen nicht empfohlen wird: feucht, kalt und ungemütlich. Eine Menge Gerümpel und ausrangierte Möbel lagen oder standen herum, und in einer Ecke befand sich sogar ein Bett, allerdings ohne Matratze. Das einzige Fenster war nicht nur vergittert, sondern auch viel zu klein, um einen knapp vierzigjährigen und nicht mehr ganz schlanken Blödmann durchzulassen. Kurz und gut, ich haderte mit mir und meinem Schicksal. Konkret sah das so aus, daß ich mich aufs Bett setzte, die Beine an den Leib zog, um die Kernwärme nicht allzu weit absinken zu lassen, und vor mich hin bibberte.

Eine halbe Stunde später kam sie. Sie machte sich nicht die Mühe, ihr Gesicht unter einer Kapuze zu verstecken, denn inzwischen hatte sich im Kommando Jan van Leiden herumgesprochen, wie ich zu dem Haus gekommen war. Von vorne und aus der Nähe sah sie ein bißchen aus wie Tori Amos, nur mit weniger extravaganten Klamotten.

»Wir wollen mit dir reden«, sagte sie. Ich erkannte die Stimme sofort. Irgendwie hatte sie eine Begabung, mich in feuchtkalte Situationen zu locken.

»Wenn es Ihnen nichts ausmacht, würde ich lieber zum Sie übergehen«, erwiderte ich. »Ich pflege Leute, die mich in Keller sperren, nicht zu duzen.«

Sie zog kurz die Augenbrauen hoch. »Ihre Schuld. Warum sind Sie mir gefolgt?«

»Ich hatte meine Gründe. Und die haben nichts mit der Kirche oder der Polizei zu tun. Ganz privat, sozusagen.«

Mißbilligend schüttelte sie ihre langen roten Haare. »Gerade darüber wollen wir ja mit Ihnen reden.« Sie warf einen weißen Stoffbeutel auf das Bett. »Ziehen Sie das über den Kopf! Ist nur zu Ihrem eigenen Schutz. Schlimm genug, daß Sie mein Gesicht kennen.«

Ich nahm den Sack. »Finden Sie das nicht geschmacklos? Ich hatte nie viel für den Ku-Klux-Clan übrig.«

Als Antwort kam ein halbherziges Kichern. »Machen Sie schon! Ich führe Sie hinauf.«

Was blieb mir anderes übrig, als blinde Kuh zu spielen. Sie nahm meine Hand und lotste mich die Treppe hinauf. Ich hörte das Prasseln des Kamins und Stimmengemurmel. Die Tori-Amos-Kopie drückte mich in einen Sessel.

»Sie bringen uns in eine unangenehme Situation.« Das war eine neue Stimme, tief und ein wenig salbungsvoll. Jemand, der sich gerne reden hörte.

»Lassen Sie uns nicht darüber streiten, wer wen in eine unangenehme Situation bringt«, antwortete ich durch den Sack. »Tatsache ist, daß ich mich schon wohler gefühlt habe.«

»Hören Sie auf mit Ihren Witzen«, sagte die Stimme, nun wütend. »Die Sache ist ganz und gar nicht komisch. Ist Ihnen eigentlich klar, daß Sie sich selbst in Gefahr gebracht haben?«

»Oh ja«, stimmte ich ihm zu, »das ist mir klar. Aber ich kann Ihnen erklären ...«

Er fiel mir ins Wort: »Warum sind Sie ...«, er stockte, »... Marion gefolgt?«

»Marion ist nicht ihr richtiger Name, nicht wahr?«

»Nein«, brummte er. »Natürlich nicht.«

Eine Hand legte sich auf meine Schulter und kniff mir in den Hals. »Stell dich nicht so blöd an!« zischte sie in mein Ohr. Auf eine gewisse Weise beruhigend, daß sie hinter mir stand.

»Für die Antwort muß ich etwas ausholen. Als ich den Auftrag vom Weihbischof bekam, Ihnen das Geld zu bringen, habe ich mich gefragt, wieso ausgerechnet mein Name in dem Erpresserbrief stand. Es gibt nur eine vernünftige Erklärung: einer von Ihnen kennt mich. Nun, dagegen ist im Prinzip nichts einzuwenden, allerdings droht mir, wenn die Sache vorüber ist, ein Ermittlungsverfahren wegen Mittäterschaft oder mindestens Begünstigung. Also, sagte ich mir, findest du am Besten heraus, wer es ist, um dich schützen zu können. Ich hatte keinerlei offiziellen Auftrag, weder von der Kirche noch von der Polizei, Ihrer Marion zu folgen. Das war meine ganz persönliche Entscheidung. Und, wenn ich das noch hinzufügen darf, ich bin auch kein gläubiger Katholik oder pflichtversessener Staatsbürger. Lassen Sie mich einfach gehen, und ich vergesse, wo ich gewesen bin. Sie können Ihre Wiedertäufer-Spiele weiter treiben oder damit aufhören, es interessiert mich nicht.«

»So einfach ist das nicht«, sagte die Stimme, wieder etwas freundlicher. »Wir können Ihnen nicht vertrauen.«

»Habe ich keinen Bürgen? Ich meine: derjenige oder diejenige, von dem ich ins Spiel gebracht worden bin.«

Die Stimme nahm Bedenkzeit. Jemand anderes flüsterte.

»Da ist noch ein Punkt: Wo ist das Geld?«

»Bitte? Ich denke, Sie haben den Koffer.«

»Ja. Aber auf jedem Bündel lag jeweils nur ein echter Hunderter. Darunter befand sich Spielgeld.«

Ich lachte. »Ganz schön clever, der Monsignore Kratz. Hätte ich nicht gedacht.«

»*Sie* könnten das Geld ausgetauscht haben.«

»Quatsch. Ich wette, Sie haben mich die ganze Zeit beobachtet. Außerdem kannte ich die Zahlenkombination nicht.«

Erneutes Tuscheln.

»Nun gut. Nehmen wir mal an, das Bistum hat uns hereingelegt. Bleibt immer noch das Problem, daß Sie das Haus hier und ... Marion kennen.«

Da hatte er verdammt recht. An seiner Stelle hätte ich mir auch Sorgen gemacht. Ich zuckte die Schultern, so gut das unter dem Sack ging. »Und was haben Sie vor?«

»Sie haben Glück, daß wir Gewalt gegen Personen ablehnen. Professionelle Erpresser würden Sie vermutlich umbringen.«

Ich ging nicht darauf ein, was er damit meinte, daß sie *un*professionell waren.

»Sie werden eine Weile hierbleiben müssen. Wir haben noch nicht entschieden, was wir mit Ihnen machen. Marion, bring ihn bitte wieder in den Keller!«

Ich blieb sitzen. »Sie können sich vielleicht damit trösten, daß Sie mich nicht erwürgt oder erschossen haben. Aber eine Nacht da unten im Keller, und ich sterbe an Lungenentzündung, Tuberkulose oder einfach Erfrierung.«

»Wir geben Ihnen einen Heizofen.«

»Seien Sie so christlich, wie es die Wiedertäufer damals sein wollten. Geben Sie mir ein beheiztes Zimmer mit einem anständigen Bett!«

»Damit Sie morgen früh über alle Berge sind?«

»Von mir aus ketten Sie mich an, oder stellen Sie eine Nachtwache neben mein Bett. Aber bitte nicht in den Keller!«

Sie beratschlagten halblaut, bis Tori-Marion hinter mir sagte: »Ich finde, wir sollten ihm das Zimmer oben geben. Da kann er nicht aus dem Fenster springen.«

Das war der Durchbruch. Die Kommando-Stimme gab nach.

»Da ist noch was«, sagte ich, als mich Tori-Marion in der Dachkammer abgeliefert und meinen rechten Fuß mit einer Fahrradkette am Bettpfosten angekettet hatte, »ich bin krank. Ich habe Neurodermitis. Ich brauche Medikamente.«

»Und woher soll ich die nehmen?«

»Aus meiner Wohnung, zum Beispiel. Ich gebe Ihnen die Schlüssel, und Sie packen das Wichtigste ein.«

Sie rümpfte die Nase, als hätte jemand mexikanische Bohnen gegessen. »Hältst du mich … Halten Sie mich für so blöd? Die Wohnung wird bestimmt überwacht.«

»Okay«, gab ich nach, »bleiben wir beim Du. Immerhin hast du dich dafür eingesetzt, daß ich nicht in das Verlies muß. Das unterscheidet dich vom Rest der Bande.«

Sie reagierte sauer. »Wir sind keine Bande. Wir haben gute Gründe für das, was wir tun. Es ist nur gerecht, daß wir der Kirche Geld abnehmen.«

»Meinetwegen. Und was ist meine Rolle in dem Spiel?«

»Deine Rolle bestand darin, uns das Geld zu bringen. Daran hast du dich leider nicht gehalten.«

Sie ging zur Tür.

»Warte mal!« rief ich ihr nach. »Das mit der Neurodermitis war kein Scherz. Heute nacht komme ich vielleicht mit einem Topf Vaseline aus. Die kriegst du in jeder Drogerie. Aber morgen früh mußt du unbedingt zu meinem Arzt gehen. Schildere ihm die Situation. Das fällt unter das Arztgeheimnis.«

Sie blieb stehen. »Ich werde sehen, was sich machen läßt. Wie hieß das Zeug?«

»Vaseline.«

Und weg war sie.

Ich lag auf dem Bett und machte eine Liste der Dinge, die ich unbedingt brauchte. Sie fing mit einem Fernseher an und hörte bei einem Krimi auf. Dazwischen kamen noch ein Eimer zum Pinkeln und ein Schlafanzug. Erst wenn man an das Bett gefesselt ist, weiß man, wie abhängig man von seinen Mitmenschen ist.

Wenn ich mich aufrichtete, konnte ich einen Blick in den Garten werfen, zumindest auf das, was von den unteren Fenstern beleuchtet wurde. Kein Ersatz für einen anständigen Spielfilm im Fernsehen, ganz zu schweigen von *Ran* oder dem *Aktuellen Sportstudio*.

Was ich ihr sagte, als sie mit einem Töpfchen Vaseline zurückkam.

»Werd nicht unverschämt«, kanzelte sie mich ab. »Den Eimer besorg ich dir, alles andere kannst du dir abschminken.«

»Es muß ja kein Krimi sein«, bettelte ich. »Ich nehme auch ein historisches Werk. Habt ihr nichts über die Wiedertäufer?«

»Willst du dich über mich lustig machen?«

»Nein. Es interessiert mich wirklich. Ich hatte neulich sogar eins in der Hand. Von zwei Franzosen. Es hieß ...«

»Der König der letzten Tage. Ein bißchen reißerisch, aber nicht schlecht.«

»Marion ist ein scheußlicher Name, findest du nicht?« wechselte ich das Thema. »Ich würde dich lieber Tori nennen.«

»Tori?«

»Ja. Wie Tori Amos, die amerikanische Popsängerin. Du hast eine gewisse Ähnlichkeit mit ihr.«

Und so kamen wir ins Gespräch.

Irgendwann fing Tori an zu erzählen, warum sie die Kirche haßte und beim Kommando Jan van Leiden mitmachte. Es war eine traurige Geschichte, die sich um ihre Mutter drehte. Als junges Mädchen hatte ihre Mutter bei einem Bauern im Münsterland gearbeitet. Sie war etwas gestört, wurde von Angstzuständen geplagt, redete manchmal konfus und hatte wohl auch Halluzinationen. Heute und in einer Großstadt würde man von einer Borderlinerin sprechen und einen Psychologen oder Psychotherapeuten konsultieren. Aber die Bauernfamilie und die Eltern von Toris Mutter waren gläubige Katholiken. Wenn es Probleme gab, sprach man mit dem Pfarrer.

Eines Tages brach im Schweinestall des Bauern eine Seuche aus. Für die Bäuerin war klar, wer daran die Schuld trug. ›Sie hat die Schweine verhext‹, erzählte sie im Dorf. Der Pfarrer wandte sich an einen Fachmann, den für Exorzismus zuständigen Priester des Bistums. Der brachte einen Kollegen mit, und gemeinsam nahmen sie die Teufelsaustreibung vor. Toris Mutter behauptete später, daß sie von den Priestern unsittlich berührt worden sei. Auf jeden Fall ging es ihr nach dem Exorzieren schlechter als vorher. Sie flüchtete in die Stadt, kam unter die Räder, bis sie von der Polizei aufgegriffen und von einem Arzt in die Psychiatrie eingewiesen wurde.

»Sie hat sich bis heute nicht davon erholt«, sagte Tori. »Immer wieder wird sie von den Erlebnissen eingeholt. Dann ist sie ein paar Tage lang wie gelähmt, nicht ansprechbar. Nur mit Hilfe von Medikamenten kommt sie wieder zu sich. Und das werfe ich den Priestern vor, genauer gesagt, der Kirche, denn die Exorzisten haben nur ihren Job gemacht.«

Ich gab ein Brummen von mir, das nach Zustimmung klingen sollte. »Ich kann mir vorstellen, daß alle, die beim Kommando mitmachen, solche Geschichten im Gepäck haben.«

Sie tauchte aus ihren Erinnerungen auf und rieb sich das Gesicht. »Du willst mich aushorchen, Georg Wilsberg. Du denkst wohl, du hast mich weichgeklopft. Aber da hast du dich geschnitten.«

Sie stand auf und stellte sich ans Fenster, mir den Rücken zukehrend. »Die anderen haben auch ihre Gründe, wie ich schon sagte. Wenn *sie* den Zeitpunkt für richtig halten, wirst du sie erfahren, nicht früher.« Sie drehte sich um und ging langsam an mir vorbei. »Und jetzt wünsche ich dir eine gute Nacht.«

»Was ist mit dem Eimer?« fragte ich.

»Ach ja, der Eimer. Außerdem könnte ich dir einen Frauenkrimi anbieten.«

Ich stöhnte. »Besser als nichts.«

VII

Ich verbrachte drei Nächte und drei Tage in dem Zimmer. Es war nicht so schlimm wie Isolationshaft, aber auch kein Pensionsaufenthalt. Zwei Stunden pro Tag wurde ich abgekettet und durfte, unter der Bewachung von zwei Kapuzenmännern, die an der Tür stehenblieben, meinen Blutkreislauf in Gang bringen. Den Frauenkrimi hatte ich schon nach einem halben Tag ausgelesen, und in den Tageszeitungen, die mir Tori brachte, las ich alles außer den Todesanzeigen.

Tori blieb meine einzige Gesprächspartnerin. Sie war tatsächlich zu Dr. Sommer nach Telgte gefahren und hatte mir die Medikamente, in der Hauptsache homöopathisches Zeugs[4], besorgt. Sie war sehr nett, obwohl sie darauf achtete, mir keinerlei verwertbare Informationen über sich und die anderen Mitglieder des Kommandos Jan van Leiden zu geben. Sie verriet mir nur, daß sie einen weiteren Brief an das Bistum geschrieben hatten, in dem sie sich über den Beschiß bei der Geldübergabe beschwerten und mit weiteren Anschlägen drohten.

Ich wollte wissen, was sie mit dem Geld vorhatten, und sie erzählte, daß sie eine Art Stiftung für die Opfer kirchlicher Willkür planten, sowas ähnliches wie der Weiße Ring, der die Opfer krimineller Gewalttaten unterstützt.

---

4 Es gibt eine Behandlungsmethode gegen Neurodermitis, die von diesem (fiktiven) Dr. Sommer und einigen seiner Kollegen in der Bundesrepublik angewendet wird. Die Methode erzielt beachtliche und nachprüfbare Erfolge, was allerdings von der Schulmedizin beharrlich ignoriert wird. Normale Hautärzte kennen überhaupt nur drei Mittel gegen Neurodermitis: Kortison, Kortison und nochmal Kortison.

Am Abend des zweiten Tages bekam ich einen Lagerkoller. Ich fing an zu schreien. Sie sollten endlich eine Entscheidung treffen, mich entweder erschießen oder mir die Freiheit geben. Ich hätte jedenfalls keinen Bock mehr, weiter auf dem Bett zu liegen wie ein Motorradfahrer nach einer Begegnung mit einem Laster.

Tatsächlich wurde mir schmerzlich bewußt, was mir alles fehlte. Vor allem ein Besuch im *Alcatraz*, aber auch meine Wanderungen durch Münsters Innenstadt, die Möglichkeit, in meine Küche zu gehen und mir einen Espresso zu machen, vor der Terrassentür zu stehen und mit stumpfen Blicken meinen verlotterten Garten zu betrachten, oder auch nur fünf Stunden im Sessel zu hocken und einen dieser sagenhaften Davis-Cup-Krimis zu verfolgen.

Tori reagierte gelassen. Sie könne mich verstehen blabla, aber leider seien sie noch nicht soweit. Es würde allerdings nicht mehr lange dauern blabla.

»Was ist denn daran so schwierig?« brüllte ich. »Ich schwöre, daß ich nicht zur Polizei oder zum Weihbischof rennen werde. Ich gebe es euch schriftlich, wenn ihr wollt, als eidesstattliche Versicherung. Kauft mir ein Flugticket, und ich fliege sofort nach Südamerika. Dann seid ihr mich los, ich tauche unter und nenne mich Karl Deutschmann. Niemand wird mich finden.«

»Wir sind eine große Gruppe«, sagte sie, »und die meisten sind berufstätig. Es ist nicht einfach, die Kommunikation über eine solche Entscheidung herzustellen.«

»Die Kommunikation herstellen«, höhnte ich. »Was ist das für ein Soziologengewäsch? Daumen rauf oder Daumen runter, das ist doch hier die Frage. Stimmt ab, telefonisch, schriftlich, wie auch immer. Nur kommt endlich zu Potte.«

Offensichtlich hatte mein Ausbruch etwas bewirkt. Am

folgenden Abend brachte Tori den weißen Sack mit. »Es sieht gut für dich aus«, verkündete sie. »Wir weihen dich ein.«

»In was?« fragte ich skeptisch. »Wenn du glaubst, daß ich bei euch mitmache, hast du dich geschnitten. Ich bin gegen Fanatismus und Gewalt, zumindest seit zwanzig Jahren.«

»Darum geht's nicht. Wart's einfach ab.«

Also zog ich den Sack über den Kopf und ließ mich in das Wohnzimmer führen. Das Kaminfeuer prasselte wieder, ich fühlte mich schon fast wie zu Hause.

»Es hat lange gedauert, aber nun haben wir uns durchgerungen«, sagte die salbungsvolle Stimme, die bereits vor drei Tagen das große Wort geführt hatte. »Vielleicht ist es ein großer Fehler, Ihnen Vertrauen zu schenken.«

Ich hob den Arm. »Lassen Sie mich eins klarstellen: ich will nichts von Verbrechen hören, weder von solchen, die Sie begangen haben, noch von jenen, die Sie planen. Das würde mein Gewissen unnötig belasten. Denn ich habe nicht vor, Ihrem Verein beizutreten.«

»Das ist auch nicht beabsichtigt«, fuhr die Stimme fort. »Wir wollen Ihnen lediglich deutlich machen, *warum* wir das tun, was wir tun. Wir liefern uns Ihnen damit aus, bis zu einem bestimmten Grad jedenfalls. Aber wir hoffen, daß Sie die Informationen nicht gegen uns verwenden werden.«

Ein Verdacht setzte sich in meinem Kopf fest. Der Verdacht, daß der Mann zu der Organisation gehörte, die er bekämpfte.

»Ich bin Priester«, kam die Bestätigung im nächsten Augenblick. »Genauer gesagt: ein zum Priester geweihter Mönch. Ich lebe in einem Kloster im Münsterland. Meine Arbeit läßt mir viel Zeit, über Theorie und Praxis der Kirche nachzudenken. Das Ergebnis ist niederschmetternd.

Seit langer Zeit, vermutlich seit dem fünften Jahrhundert, als die katholische Kirche Staatskirche wurde, beteiligt sie sich an staatlichen Verbrechen. Ich will hier gar nicht von der Inquisition und den Hexenverbrennungen reden. Das kann man als finsteres Mittelalter abtun. Aber bis auf den heutigen Tag weihen Priester Waffen und Bomben. Während der Nazizeit hat die Kirche schweigend mitangesehen, wie die Faschisten Millionen Menschen umbrachten. Es gab ein Konkordat zwischen Hitler und dem Papst. Leute wie Kardinal von Galen, der in den letzten Kriegsjahren gegen die Nazis predigte, waren die absolute Ausnahme. Noch heute werden Theologen, die sich auf die Seite der Unterdrückten stellen, wie die Vertreter der Befreiungstheologie in Südamerika, mundtot gemacht. Und der Papst verbietet im Aids-Zeitalter den Katholiken, Präservative zu benutzen. Aids sei eine Geisel Gottes, sagt er und meint indirekt, daß alle, die Aids bekommen, schuldig geworden sind.«

Er hielt inne und atmete schwer.

»Eine Frage drängt sich auf«, warf ich ein. »Warum sind Sie noch Priester?«

»Oh, das habe ich mich oft gefragt. Manch schlaflose Nacht habe ich mit dieser Frage verbracht. Und ich bin nicht der einzige. Es gibt Gegenbeispiele, bis in die Spitze. Papst Johannes der Dreiundzwanzigste war so ein Gegenbeispiel. Vielleicht sähe die Kirche heute anders aus, wenn Johannes Paul der Erste nicht wenige Tage nach seiner Amtseinführung unter merkwürdigen Umständen gestorben wäre. Aber wie auch immer, ich gebe zu, daß ich nach Ausreden suche. Ich habe Angst vor einem Leben außerhalb der Kirche. Außer Theologie habe ich nichts gelernt.« Er machte eine Pause. »Jetzt wissen Sie genug über mich. Hier sind noch andere, die etwas zu sagen haben.«

Das war das Stichwort für eine junge Frau, die mit stockender Stimme begann: »Ich bin nicht so gut im Reden. Ich habe nicht studiert. Ich bin Kindergärtnerin, das heißt, ich *war* Kindergärtnerin, bis ich entlassen wurde. Im Moment arbeite ich als Putzfrau. Ich habe in einem katholischen Kindergarten gearbeitet. Der wird von einer Nonne geleitet. Vor zwei Jahren habe ich meinen Mann, meinen jetzigen Mann kennengelernt. Er ist zehn Jahre älter als ich. Er ist katholisch. Er hatte bereits eine Ehe hinter sich. Verstehen Sie, er ist ein *geschiedener* Mann. Vor einem Jahr sind wir zusammengezogen. Wir haben nicht gleich geheiratet. Ich habe versucht, es geheimzuhalten, meinen Kolleginnen, vor allem der Leiterin habe ich nichts davon erzählt. Aber irgendwie ist es herausgekommen. In jedem Betrieb wird getratscht. Die Nonne hat meine Kündigung in die Wege geleitet. Als ich eingestellt wurde, mußte ich mich verpflichten, nach bestimmten moralischen Grundsätzen zu leben. Dazu gehört, nicht mit einem geschiedenen Mann zusammenzuleben. Nach katholischem Recht ist seine alte Ehe noch gültig. Was wir machen, ist Sünde. So, das war's.«

»Ich bin Arzt«, sagte eine andere männliche Stimme. »Im Gegensatz zu meiner Vorrednerin arbeite ich noch in meinem Beruf. Ich bin in einer Gemeinschaftspraxis untergekommen. Materiell habe ich dadurch keinen Nachteil erlitten, ich beklage mich nicht. Was mich aufregt, ist die Heuchelei des Systems. Ich war Oberarzt in einem Krankenhaus, einem katholischen Krankenhaus. Das einzige Krankenhaus weit und breit in einer ländlichen Region. Eines Tages wird ein Notfall eingeliefert, ein siebzehnjähriges Mädchen, das sich die Pulsadern aufgeschnitten hat. Es stellt sich heraus, daß sie im dritten Monat schwanger ist. Von einem verheirateten Mann, wie sie erzählt. Eine absolute Schande in dem Dorf, in dem sie lebt.

Ihre Eltern wissen noch nichts von der Schwangerschaft, aber wenn sie es erfahren, werden sie sie verurteilen.

Als sie wieder auf dem Damm ist, rate ich ihr, den Fötus abtreiben zu lassen. Auf sich alleine gestellt, ohne abgeschlossene Berufsausbildung, wäre sie mit einem Kind hoffnungslos überfordert gewesen. Ich gebe ihr eine Adresse in Münster, eine Beratungsstelle, an die sie sich wenden kann. Bei diesem Gespräch ist eine Zeugin anwesend, eine Krankenschwester, die den *Vorfall*, wie sie es nennen, bei der Krankenhausleitung gemeldet hat. Ich konnte mir umgehend meine Papiere abholen.«

»Das soll fürs erste genügen«, ergriff der Priester wieder das Wort. »Es sind Beispiele, die für uns alle sprechen. Jeder von uns ist irgendwann mit der Kirche in Konflikt geraten, für den einen hatte es schwerwiegende Folgen, für den anderen weniger bedeutsame. Ich zähle mich zu den Fällen, die nicht existentiell betroffen sind. Noch nicht. Wir haben uns zusammengetan, um unseren Protest zu manifestieren. Wir wollten ein sichtbares Zeichen setzen. Die Wiedertäufer sind dafür nur eine Metapher. Eine kleine Gruppe von Christen, die den Reichtum und die Verkommenheit der Kirche ablehnten, die, bei allen ihren Fehlern, zu den Wurzeln des Christentums zurückkehren wollten, zur Apostelgemeinschaft, zur klassenlosen Gesellschaft des Urchristentums.«

»Schön und gut«, sagte ich, »aber was ist, wenn Ihnen die Geschichte aus der Hand gleitet? Wenn bei Ihren Aktionen Menschen verletzt oder getötet werden?«

»Das liegt nicht in unserer Absicht. Und wir sind stolz darauf, daß bis jetzt niemand zu Schaden kam.«

»Zufall«, widersprach ich. »Als die Bombe in der Bistumsbank hochging, hätte auch jemand neben dem Papierkorb stehen können.«

»Nein. Wir haben den Ort genau beobachtet. Erst als

wir sicher waren, daß sich kein Mensch im Raum befand, haben wir die Explosion ausgelöst.«

»Und wie soll's weitergehen?«

»Nun, wir werden unsere Arbeit fortsetzen, bis wir das Geld haben. Wenigstens ein Teil des Reichtums der Kirche soll dafür verwendet werden, den Benachteiligten zu helfen.«

»Edel sei der Mensch, hilfreich und gut«, murmelte ich. Lauter sagte ich: »Wenn ich Marion richtig verstanden habe, darf ich jetzt gehen.«

»Ja. Marion wird Sie nach Hause bringen. Wir geben uns in Ihre Hand. Seien Sie ein anständiger Mensch.«

Ich stand auf. »Ich werde sehen, was sich machen läßt. Die Polizei wird mir ein paar knifflige Fragen stellen. Aber nach Lage der Dinge können sie mich nicht ewig festhalten.«

»Viel Glück«, wünschte mir der Mönch, und am Arm von Tori tappte ich nach draußen.

»Du kannst den Sack abnehmen«, sagte sie, als wir im Flur waren.

Das ließ ich mir nicht zweimal sagen.

Auf dem Treppenabsatz neben der Haustür lagen ein paar Fotos. Sie zeigten die Auswirkungen der bisherigen Wiedertäufer-Anschläge. Zwei Fotos fand ich besonders interessant.

»Nicht, daß ich etwas gegen deine Begleitung hätte, aber ich finde auch alleine nach Hause«, bemerkte ich, als wir in dem Wagen saßen, den ich mir vor dem Zoo ausgeliehen hatte. Die Wiedertäufer hatten ihn sichtgeschützt hinter dem Haus geparkt.

Sie schüttelte den Kopf. »Ich möchte verhindern, daß du hier herumschleichst.«

»Von mir aus.« Der Motor sprang an. »Dann sollten wir

etwas aus dem angebrochenen Abend machen. Auf ein Glas zu mir nach Hause kann ich dich ja schlecht einladen, aber wie wär's mit einem Bier in einer netten Kneipe? Kennst du das *Alcatraz*?«

»Vielleicht ein andermal. Heute habe ich noch was vor.«

»Schade.«

Schweigend fuhren wir Richtung Kreuzviertel.

»Da wir uns wahrscheinlich niemals wiedersehen werden ...«, setzte ich an.

Sie lächelte. »Warum nicht? Wenn das alles vorbei ist, würde ich dich gerne mal treffen.«

Ich sagte nicht, daß ich dann vermutlich nur die Chance hätte, sie einmal im Monat im Knast zu besuchen.

»... möchte ich einen letzten Wunsch äußern: Verrat mir deinen richtigen Namen!«

Sie überlegte nur kurz. »Mareike. Enttäuscht? Im Vergleich zu Tori ziemlich bieder.«

»Im Gegenteil. Der Name paßt zu dir. Wie Georg leider zu mir.«

»Wie meinst du das?«

»Georg klingt nach Langeweile, lauter eingefahrenen Gewohnheiten. Und so bin ich auch.«

»Blödmann.« Sie legte ihren linken Arm auf meinen Sitz und kraulte mein Nackenhaar. »Ich finde dich ... nett.«

Ich seufzte. »Der nette Mann, mit dem man unheimlich lange Gespräche führen kann, aber nicht ins Bett geht.«

Sie lachte. »Unter anderen Umständen ...«

Wir waren noch zwei Straßen von meiner Wohnung entfernt, und ich lenkte den Wagen auf einen Parkstreifen. »Du steigst besser hier aus.«

Wir reichten uns zum Abschied die Hände. Und dann küßte ich sie auf den Mund. Sie tat nichts, um es zu verhindern.

Ich wartete, bis sie um die Ecke verschwunden war,

dann stieg ich ebenfalls aus. Den Autoschlüssel ließ ich stecken.

Sie warteten nicht, bis ich in meiner Wohnung war. Zwei junge Burschen mit den obligaten Schnurrbärten, den Lederblousons und dem festen Griff. »Kommen Sie bitte mit!« Damit war alles gesagt.

Stürzenbecher war noch im Büro. Sein Gesundheitszustand schien sich gebessert zu haben, oder er hatte seine Nase gepudert.

»Ich sage nichts ohne meinen Anwalt«, verkündete ich.

Er bugsierte mich auf einen Stuhl und pflanzte seinen massigen Körper auf den davorstehenden Schreibtisch.

Ich betrachtete ihn vom Kopf bis zu den Hüften. Die Hose spannte mächtig.

»Was gibt es da zu gucken?« fragte er beleidigt.

»Du hast damit angefangen«, sagte ich. »Ich wollte keine Bemerkung darüber machen, daß du an Körperumfang erheblich zugenommen hast.«

»Scheiße. Wenn man den ganzen Tag im Büro hockt und diesen Kantinenfraß ißt, muß man ja fett werden.«

»Sicher. Dazu kommt noch das Alter, die Familie und die Aussicht, in knapp zwanzig Jahren pensioniert zu werden.«

»Ich hab schon daran gedacht, in den Kraftraum zu gehen. Aber unter lauter schlanken, durchtrainierten Jungs sähe ich bestimmt lächerlich aus.«

»Letztlich hilft sowieso nur, die Schokolade, den Kuchen und den anderen Süßkram wegzulassen.«

Er nickte. »Wo warst du die letzten drei Tage?«

»Ein Kurzurlaub. An der Nordsee.«

»Du hast sicher Zeugen, kannst mir die Namen der Hotels sagen, in denen du übernachtet hast.«

»Nein. Ich habe im Auto übernachtet. Ich wollte das Abenteuer.«

»Dein Auto stand die ganze Zeit vor deiner Wohnung.«

»Stimmt.« Ich grinste ihn an. »Ich habe mir von einem Freund einen Kombi geliehen, so ein großes Teil mit Liegewiese hinten drin.«

»Und was ist mit dem Koffer?«

»Welcher Koffer?«

»Der Koffer, der für die Terroristen bestimmt war. Komm schon, wir kooperieren neuerdings mit der Kirche.«

»Ach so, *der* Koffer. Den habe ich übergeben.«

»Wo?«

»Im Zoo. Laut Anweisung sollte ich ihn im Elefantenhaus abstellen.«

»Wer hat ihn abgeholt?«

»Woher soll ich das wissen? Meine Aufgabe war damit erfüllt.«

»Und anschließend verschwindest du drei Tage vom Erdboden. Glaubst du im Ernst, daß ich dir die Geschichte abkaufe?«

»Nein. Aber du wirst keine andere hören.«

»Dann buchte ich dich ein. So kommst du mir nicht davon.«

»Mit welcher Begründung?«

»Strafvereitelung. Wer von einer Straftat Kenntnis hat und sie den Behörden bewußt verschweigt, macht sich selber strafbar.«

»Nun mach aber mal 'nen Punkt! Ich hatte von der Kirche den Auftrag, den Koffer abzuliefern. Und ich sollte mich strikt an die Anweisungen des Kommandos Jan van Leiden halten. Das habe ich getan.«

Stürzenbecher rieb sich die Augen. »Wilsberg, ich bin müde. In den letzten drei Tagen habe ich höchstens zwanzig Stunden nicht im Büro verbracht. Ich habe keine Lust, mit dir zu diskutieren. Du kommst in eine Zelle, bis dir was Besseres einfällt.«

»Ich möchte einen Anwalt.«

»Natürlich. Ein Anruf steht dir zu.« Er reichte mir den Hörer.

Rechtsanwalt Kurz war mal wieder nicht zu Hause. Pech gehabt.

»Okay«, wandte ich mich an Stürzenbecher, »ich schlage dir einen Deal vor: Ich nenne dir ein Autokennzeichen, und du sagst mir, wem das Auto gehört.«

»Verstehe.« Er musterte mich. »Und wo ist der Deal?«

»Na, der besteht darin, daß du mich anschließend laufen läßt.«

Er tat so, als müsse er lachen. »Dir haben sie wohl ins Gehirn geschissen. Da mußt du mit ein bißchen mehr rüberkommen: Wer saß in dem Auto? Und, vor allem, was hat der- oder diejenige vorher getan? Das Geld abgeholt?«

Gelangweilt betrachtete ich meine Fingernägel. »Willst du nun das Autokennzeichen, oder nicht?«

Wütend sprang er auf. »Na gut. Zug um Zug, kapiert? Wenn du hier raus willst ...«

Ich steckte mir einen Zigarillo in den Mundwinkel. »Wir werden sehen.«

Er schrieb sich das Kennzeichen des weißen Porsche auf und ging in einen Nebenraum.

Eine halbe Zigarillolänge später hatte er das Ergebnis. »Der Wagen ist vor vier Tagen gestohlen worden. Wir haben ihn inzwischen gefunden, auf einem Feldweg in der Nähe von Nottuln.«

»Hmmm«, ich stieß eine dicke Rauchwolke aus, »habe ich mir fast gedacht.«

Stürzenbecher stützte beide Hände auf und starrte mir ins Gesicht. »Und?«

»Was und?«

»Wer saß drin?«

»Ich kann nach Hause gehen, wenn ich es dir sage?«

»Du hast mein Wort.«

»Ein etwa fünfzigjähriger Mann, dunkelblond, korpulent.«

»Und was hat er gemacht?«

»Er hat gegen ein Denkmal gepißt. Ich glaube, es war ein Kriegsdenkmal.«

Stürzenbecher griff zu einem Telefon, wählte eine zweistellige Nummer und knurrte einen Befehl in den Hörer. Dann guckte er aus dem Fenster.

Zwei Uniformierte kamen herein, nachdem ihr Klopfen mit einem gebrüllten »Herein!« beantwortet worden war. Als sie mich abführten, guckte Stürzenbecher immer noch aus dem Fenster.

VIII

Man könnte darüber diskutieren, ob es angenehmer ist, mit einer Fahrradkette am Bein in einem bequemen Bett in einem Raum mit Fenstern zu liegen – oder ohne Fahrradkette auf einer harten Pritsche in einer kahlen Zelle mit einem winzigen Fensterchen an der Decke. Man kann es auch lassen.

Um sechs Uhr am nächsten Morgen machte sich ein Polizist einen Spaß daraus, die Inhaftierten möglichst unsanft zu wecken. Er benutzte dazu seine blecherne Stimme und ein Tablett mit wässrigem Kaffee und krümeligem Graubrot, das er auf ein winziges Tischchen knallte.

»Guten Morgen«, krähte er. »Frühstückszeit. Hier wird nicht bis elf geschlafen. Das Lotterleben ist vorbei.«

»Was gibt es denn Dringendes zu tun?« fragte ich ihn.

»Nichts, natürlich. Das Körbeflechten kommt erst später.« Er lachte herzhaft. »Hier sitzt man nur dumm herum. Aber: ab sechs Uhr morgens.«

»Sehr interessant. Und wo ist meine Tageszeitung?«

»Tageszeitung? Ich hör wohl nicht recht. Wir sind doch nicht im Hotel.«

»Und ich bin kein Idiot, den man herumschubsen kann.« Langsam wurde ich sauer. »Ich bin vorläufig festgenommen, nicht mal verhaftet. Mit dem Eintritt in Ihren Kerker habe ich nicht meine Menschen- und bürgerlichen Rechte verloren. Außerdem bin ich Jurist. Wenn Sie also Ihre Sterne auf den Schulterklappen behalten wollen, dann hören Sie auf, sich wie eine tyrannische Krankenschwester zu benehmen. Hier!« Ich drückte ihm zwei

Mark in die Hand. »Und jetzt kaufen Sie mir eine Tageszeitung. Egal welche, außer *Bild* und *Welt*.«

»Also, das ist doch!« Er klang schon kleinlauter.

»Sie können bei mir Punkte sammeln, guter Mann.«

Als er gegangen war, sah ich durch den Spion, wie er das Zweimarkstück in seiner Hand betrachtete.

Ich bekam eine örtliche Tageszeitung. Der Aufmacher im Lokalteil titelte: »Bistum Münster wird erpreßt«. In der Unterzeile stand: »Anschläge im Zusammenhang mit Erpressung/Kommando Jan van Leiden bekennt sich«. Der Verfasser des Artikels hatte das Kürzel *tf*, wie Tobias Frank.

Weihbischof Becker hatte erneut eine Pressekonferenz gegeben und alle Karten auf den Tisch gelegt. »Wir haben die Forderungen der Erpresser erfüllt und gezahlt. Aber das sogenannte Kommando Jan van Leiden will immer mehr. Jetzt ist die Polizei am Zuge. Die Kirche ist jederzeit bereit, die linke Wange hinzuhalten, wenn sie auf die rechte geschlagen wird. Doch irgendwann stoßen auch wir, in Verantwortung für das Geld der Kirchensteuerzahler, an unsere Grenzen«, wurde Becker zitiert. Dann zählte der Artikelschreiber noch einmal sämtliche Anschläge der Wiedertäufer auf und ließ einen Polizeisprecher mit der Bemerkung zu Wort kommen, daß man derzeit keine heiße Spur habe.

»Gestern«, schrieb *tf* weiter, »ist in der Redaktion unserer Zeitung ein Bekennerschreiben des Kommandos Jan van Leiden eingegangen. Obwohl wir aus prinzipiellen Gründen die Wiedergabe von Bekennerschreiben ablehnen, machen wir in diesem Fall eine Ausnahme. Im nebenstehenden Kasten finden Sie eine gekürzte Fassung des Schreibens. Selbstverständlich distanziert sich die Redaktion aufs Schärfste von den dort formulierten Thesen.«

Der Kasten war wegen seines dicken schwarzen Randes

nicht zu übersehen. »Bislang haben wir geschwiegen«, begann der Text. »Doch jetzt wenden wir uns an die Öffentlichkeit. Der höhere Klerus des Bistums Münster versucht, uns zu Antichristen, ja, zu gewöhnlichen Kriminellen abzustempeln. Das ist nicht wahr. Die meisten von uns sind gläubige Christen. Wir können jedoch nicht weiter zusehen, wie die Katholische Kirche im Namen Jesu Unrecht begeht.« Es folgte eine Zusammenfassung der Argumente, die ich bereits in dem Haus in Angelmodde gehört hatte. Am Ende dann der kernige Satz: »Wir kämpfen weiter! Kommando Jan van Leiden«

Stürzenbecher machte einen zerknirschten Eindruck, als er mich gegen zehn abholte. »Du hast Glück. Der Weihbischof hat sich für deine Freilassung eingesetzt.«

»Guck an! Die Kirche betreut nicht nur ihre eigenen Schäfchen.«

»Bild dir ja nichts darauf ein«, grummelte Stürzenbecher. »Ich bleib dir weiter auf den Fersen. Ein Fehler von dir, und ich nehme dich hops.«

»Du bist ja direkt nachtragend. Sollte ich deinen Charakter überschätzt haben?«

»Arschloch«, knurrte Stürzenbecher, konnte dann aber seine Neugier nicht zügeln: »Hast du eine Ahnung, was der Weihbischof an dir gefressen hat?«

»Ja.«

»Und?«

»Ich habe ihm meine Seele versprochen.«

»Mistkerl.«

Er bugsierte mich in den Aufzug. »Du erwähntest gestern, daß die Geldübergabe vor vier Tagen im Zoo stattgefunden hat. Am selben Tag ist dort etwas Merkwürdiges passiert. Jemand hat sich als Polizist ausgegeben und ein Auto entwendet. Aber das ist noch nicht alles. Der

Dieb verabschiedete sich mit den Worten: ›Wenden Sie sich an Kommissar Stürzenbecher im Polizeipräsidium!‹«

Ich schüttelte fassungslos den Kopf.

»Heute morgen«, fuhr Stürzenbecher fort, »haben wir den Wagen gefunden. Er stand im Kreuzviertel, zwei Straßen von deiner Wohnung entfernt.«

Fragend hob ich eine Augenbraue: »Du glaubst doch nicht etwa ...?«

»Möchtest du es auf eine Gegenüberstellung ankommen lassen?«

»Nicht unbedingt«, gab ich zu.

Stürzenbechers Büro war überfüllt. Neben Weihbischof Becker, der hektisch an seiner Zigarette zog, und dem finsterer denn je dreinblickenden Monsignore Kratz befand sich noch ein geschniegelter Jungkarrierist im Raum, der vor lauter Unsicherheit nicht wußte, wo er seine Hände verstecken sollte.

»Kriminalrat Feldkamp«, stellte Stürzenbecher vor.

Feldkamp reichte mir eine schweißnasse Hand. »Tut mir sehr leid, daß Sie unseretwegen Unannehmlichkeiten hatten.« Er wandte sich an Becker: »Nochmals: Wir konnten ja nicht ahnen, daß Herr Wilsberg ...«

»Schon gut, junger Mann«, fuhr ihm Becker in die Parade. »Können wir jetzt gehen?«

Die roten Flecken auf Feldkamps Gesicht breiteten sich aus wie Scharlach. »Selbstverständlich. Herr Wilsberg ist ein freier Mann.«

»Das Protokoll«, sagte Stürzenbecher.

Feldkamp hüpfte von einem Bein aufs andere, als müsse er dringend aufs Klo. »Das hat doch noch Zeit.«

»Vorschrift.« Stürzenbecher blieb gelassen. »Wollen Sie, daß ich die Vorschrift mißachte?«

Ich nahm ihm das Blatt Papier und den Kugelschreiber

aus der Hand und überflog meine Aussage. Sie bestand im Wesentlichen darin, daß ich jede Aussage verweigerte. Ich unterschrieb.

»Sei bloß vorsichtig!« zischte Stürzenbecher, als er mich zur Tür brachte.

»Du auch. Du weißt doch, bei Dicken ist das Herzinfarktrisiko weitaus größer als ...«

Krachend fiel die Tür hinter mir zu.

Becker, Kratz und ich fuhren gemeinsam im Aufzug nach unten. »Vielen Dank, daß Sie mich da rausgeholt haben«, sagte ich.

»Nicht der Rede wert.« Der Weihbischof guckte auf seine Armbanduhr. »Wir fühlten uns in der Pflicht. Schließlich haben Sie den Job, so sagt man doch, für uns erledigt. Allerdings sind wir nicht bereit, auf immer und ewig unsere Hand über Sie zu halten. Ich will gar nicht wissen, was Sie in den letzten drei Tagen gemacht haben. Aber von jetzt an, seien Sie sich dessen bewußt, arbeiten Sie auf eigene Rechnung.«

Die Aufzugtür öffnete sich. Kein Polizist weit und breit.

»Eine Frage hätte ich noch: Warum haben Sie den Wiedertäufern Spielgeld gegeben?«

Becker und Kratz guckten sich an, dann zeigte mir der Weihbischof seine runderneuerten Zähne: »Wir haben nichts zu verschenken, Herr Wilsberg. Vergessen Sie nicht: Die sind die Bösen, wir sind die Guten. Und nun entschuldigen Sie uns bitte!«

»Apropos Geld«, beeilte ich mich. »Ich habe alles getan, was Sie wollten. Sie schulden mir noch die zweite Rate.«

»Kratz!« bellte Becker.

Aus den Tiefen seiner Soutane zauberte der Monsignore einen himmelblauen Scheck. Eine herrliche Eins mit vier Nullen.

»Hoffentlich ist er echt«, sagte ich. Aber da waren die beiden Geistlichen schon enteilt.

Mir fielen mehrere Sachen ein, die ich erledigen wollte, ich geriet regelrecht in Arbeitswut. Deshalb entschloß ich mich, erst einmal ein Bad zu nehmen und meine dreckige Kleidung zu wechseln. Ein Vorsatz, den ich schon bereute, als ich die wenigen hundert Meter vom Polizeipräsidium bis zu meiner Wohnung gegangen war. Denn vor dem Küchenfenster patrouillierte Herr Johanimlei, mein allmächtiger Vermieter.

»Herr Wilsberg, gut, daß ich Sie treffe«, stürzte er sich wie ein ausgehungertes Frettchen auf mich. Als hätte er nicht den ganzen Morgen gewartet.

»Wissen Sie, was das ist?« Er zog einen Umschlag aus der Tasche.

»Die Räumungsklage, nehme ich an.«

»Richtig. Meine Geduld ist zu Ende.«

»Haben Sie die Zahlung nicht erhalten?«

Das brachte ihn aus der Spur. »Welche Zahlung?«

»Ich habe vor ein paar Tagen die ausstehenden Mieten überwiesen. Und von jetzt ab zahle ich wieder pünktlich.«

»Aber, aber ...« stammelte er.

Ich schaute ihm tief in die Augen. »Herr Johanimlei, ich wohne seit fünfzehn Jahren in dieser Wohnung. Es würde mir das Herz brechen, wenn ich ausziehen müßte.«

Das saß. Sein Blick senkte sich. Die Hand mit dem Briefumschlag zitterte. Eigentlich war er ein herzensguter Mensch. Wenn er nur nicht so viele Häuser besitzen würde.

Später am Tag ging ich zu Sigi, in mein altes Büro am Prinzipalmarkt. Sigi trug eine dunkle Sonnenbrille, obwohl es Anfang März und keineswegs sonnig war.

»Hat dich Boris geschlagen?« fragte ich.

Sie nahm die Brille ab. Ich frage mich immer öfter, ob in Spielfilmen die Realität zitiert wird oder ob die Menschen sich nach dem richten, was sie im Kino sehen. So, wie ich bei einem reuigen Mafioso gelesen[5] habe, daß die ganze sizilianische Mafia anfing, sich so zu kleiden und so zu reden wie Marlon Brando, nachdem sie im ›Paten‹ war.

Sigi hatte ein blaues Auge.

»Ich mochte deinen Freund noch nie. Soll ich dir helfen, ihn loszuwerden?«

»Er ist schon ausgezogen.« Sie setzte die Brille wieder auf. »Und spar dir bitte deine zynischen Sprüche. Es geht mir beschissen, ich könnte auf der Stelle heulen, wenn ich nicht so viel zu tun hätte.«

Ich sparte mir alles, was mir zu ihrem bisexuellen, lederbekleideten, motorradfahrenden Ex-Freund Boris auf der Zunge lag, und kam zur Sache. Die hieß Andreas Kleine-Schüttringhaus, der verschwundene Junge, den ich auf der ›Professor Landois‹ gesehen hatte und der mit an Gewißheit grenzender Wahrscheinlichkeit zum Kommando Jan van Leiden gehörte. Sigi hörte aufmerksam zu, als ich ihr in knappen Zügen von den neuen Wiedertäufern berichtete.

»Und was schlägst du vor?« fragte sie, als ich fertig war.

»Zunächst einmal sollten wir das Haus in Angelmodde in Augenschein nehmen. Vielleicht finden wir ja etwas, das uns weiterbringt. Und dann ist ein Besuch bei den Kleine-Schüttringhausens fällig, meinst du nicht?«

---

5 Pino Arlacchi: Mafia von Innen – Das Leben des Don Antonino Calderone. S. Fischer Verlag, Frankfurt a.M., 1993. Antonino Calderone gehörte einer der mächtigsten Mafia-»Familien« Siziliens an. Sein Bruder, Giuseppe »Pippo« Calderone, war zeitweilig Vorsitzender der »Regionalkommission«, des obersten Lenkungsorgans der sizilianischen Mafia.

Das Haus in Angelmodde sah verlassen aus, was mich nicht überraschte. Durch die Scheiben des Erdgeschosses konnte man erkennen, daß jemand im Wohnzimmer gründlich aufgeräumt hatte, sogar der Kamin war leergefegt. Anzeichen menschlichen Lebens, wie herumstehende Flaschen, aufgeschlagene Zeitschriften oder volle Aschenbecher, fehlten völlig. Alle Türen und Fenster waren fest verschlossen, und auf unser Klopfen und Rufen reagierte niemand. So schlug ich kurzerhand ein rückwärtiges Fenster ein.

Beim Durchklettern zog ich mir eine häßliche Rißwunde am Oberschenkel zu, ging fluchend zur Vordertür, um sie, mit einem Lächeln auf den Lippen, für Sigi zu öffnen.

Die Wiedertäufer hatten ganze Arbeit geleistet, ratzekahl war alles entfernt worden, das auch nur annähernd privaten Charakter hatte. Kein Brief, kein Zettel, nicht mal ein verräterischer Bierdeckel ließ sich nach intensivem Schubladenstudium entdecken. Dafür fanden wir eine Mullbinde für mein Bein und eine Sicherheitsnadel, um die Hose notdürftig zusammenzuhalten.

Derart verarztet besuchten wir das nächstgelegene Nachbarhaus, einen zweihundert Meter Luftlinie entfernten Bauernhof.

Es war kein angenehmer Spaziergang. Zuerst roch es nach Gülle, die über die umliegenden Äcker verstreut worden war, und dann, je näher wir dem Bauernhof kamen, nach Schwein.

»Ihhh«, machte Sigi. »Was ist das für ein bestialischer Gestank?«

»Der euphemistische Ausdruck dafür ist Landluft«, bemerkte ich.

Wir gingen über den gepflasterten Hof, begleitet vom Geheul zweier Zwinger-Hunde, und betätigten eine Kuhglocke.

Der Bauer kam selbst an die Tür, betrachtete uns mißtrauisch (Sigi trug noch immer ihre Sonnenbrille), gab dann aber bereitwillig Auskunft. Er habe gehört, das Haus sei von einem Wissenschaftler aus Amerika gemietet worden. Die vielen Leute seien ihm auch aufgefallen. Aber was solle man sich denken, bei einem Wissenschaftler, zumal aus Amerika? Freunde halt, oder Studenten. Kennengelernt habe er keinen. Nein, Autonummern habe er sich nicht gemerkt. Wozu auch, die seien ja schließlich alle wieder weg. Gottseidank, wenn man ihn fragen würde, so viele Leute, die ganzen Autos, Lärm bis tief in die Nacht. Gehörten wir etwa zu denen?

»Hältst du es für richtig, in diesem Aufzug bei den Kleine-Schüttringhausens aufzukreuzen?« Sigi kaute auf der Unterlippe. »Wir sehen aus wie ein Gangsterpärchen auf der Flucht.«

Ich lenkte den Wagen stadteinwärts. »Sollen sie doch sehen, daß wir uns für ihr Geld krumm legen. Die meisten Klienten denken, Privatdetektive sind faule Säcke, die in ihren Autos hocken, Hamburger kauen und dazu Kaffee aus Plastikbechern schlürfen. Das haben sie aus diesen amerikanischen Filmen. Wir sind lebende Beispiele für harten körperlichen Einsatz im Dienst des Kunden.«

Die Kleine-Schüttringhausens waren tatsächlich beeindruckt, allerdings weniger von unserer äußeren Erscheinung als vielmehr von der Tatsache, daß sie mit fünftägiger Verspätung ein Lebenszeichen von ihrem Sohn erhielten.

Frau Kleine-Schüttringhaus hatte uns an der Tür abgeholt und ins Wohnzimmer geführt, wo Herr Kleine-Schüttringhaus, noch in seiner Arbeitsuniform (grauer

Anzug, gestreiftes Hemd, Krawatte), über einer Flasche Bier brütete.

Die Atmosphäre war verkrampft, und sie wurde nicht besser, als ich dem Ehepaar von meiner Begegnung mit Andreas auf der ›Professor Landois‹ erzählte.

»Und damit kommen Sie erst jetzt!« schrie Herr Kleine-Schüttringhaus.

Und seine Frau assistierte: »Eine Unverschämtheit. Wofür bezahlen wir Sie eigentlich?«

Ich versuchte sie zu beruhigen. »Ich war mehrere Tage von der Außenwelt abgeschnitten. Glauben Sie mir, ich würde Ihnen gerne mehr erzählen, aber ich darf nicht. Das hat nichts mit Ihrem Sohn zu tun. Oder nur indirekt.«

»Verstehst du das?« fragte Frau Kleine-Schüttringhaus ihren Mann.

»Nein«, antwortete er. »Ich glaube, er will sich herausreden.«

»Ihr Sohn«, fuhr ich fort, »hat sich einer Gruppe angeschlossen, die sich Kommando Jan van Leiden nennt. Nach diesem König der Wiedertäufer, der im sechzehnten Jahrhundert in Münster lebte.«

»Nochmal!« sagte Herr Kleine-Schüttringhaus.

Ich erklärte es ihm, berichtete von den Anschlägen und den Erpresserbriefen, wobei ich mich auf das beschränkte, was in der Zeitung gestanden hatte.

»Das soll Andreas gemacht haben?« Er wurde aschfahl im Gesicht.

Seine Frau stand auf und legte ihre Hände auf seine Schultern. »Sind Sie damit zur Polizei gegangen?«

»Nein.«

»Warum nicht?«

»Wir arbeiten in Ihrem Auftrag. Sie müssen entscheiden. Wir können versuchen, ihn da herauszuholen, ohne daß die Polizei etwas mitbekommt.«

»Tun Sie das!« Ihre Stimme klang fest und klar.

Als wir gingen, rührten sie sich nicht vom Fleck. Er hing kraftlos im Sessel und stierte vor sich hin, sie stand hinter ihm und redete und redete.

»Ich brauche ein Bier«, sagte ich im Auto, »nein, zwei oder drei oder vier. Dazu den einen oder anderen Mescal.«

Sigi wollte lieber einen Eisbeutel für ihr Auge, und so brachte ich sie zuerst nach Hause und fuhr anschließend zum *Alcatraz*.

Es war noch verhältnismäßig früh und die Lage im Lokal übersichtlich. Anna stand mit ihrem Freund an der Seitenwand. Nebeneinander, ohne sich zu berühren, blicklos, wortlos.

»Was ist passiert?« fragte ich Norbert, der mir das erste Bier hinstellte.

»Der Kurzurlaub hat nichts gebracht«, flüsterte er. »Sieht nach Beziehungskrise aus.«

»Prost!« sagte ich.

»Ab morgen arbeitet sie wieder hier.«

»Ich werde kommen«, versprach ich.

IX

Den nächsten Tag nahm ich frei. Ich wollte keine Eltern sehen, keine Nachbarn, keine gefrusteten Kriminalhauptkommissare, keine Kirchenmänner, nicht mal Sigi. Vielleicht hätte ich Marion-Tori-Mareike sehen wollen, aber da das nun mal nicht ging, verzichtete ich auf alle anderen. Man kann viel herumrennen, Leute befragen, nach Spuren suchen, und tatsächlich hat man die Lösung schon längst im Kopf, man muß nur das, was man weiß, richtig ordnen.

Soweit jedenfalls die Theorie. Ich nahm mir also einen Tag frei, um darüber nachzudenken.

Dazu stopfte ich mir eine Pfeife und legte mich aufs Sofa im Wohnzimmer. Bald stand ich wieder auf und griff zu meinem Lexikon. Kein vierundzwanzig- oder sechsunddreißigbändiges Lexikon, sondern ein mickriges, veraltetes, zweibändiges. Ebenso mickrig war der Abschnitt über die Wiedertäufer: *Außenseiter der Reformation, die unter Berufung auf freie Auslegung der Bibel die Kindertaufe ablehnen u. die Spättaufe ausüben. – Die Gemeinde von Münster i. W. unter ↑Johann von Leyden und ↑Knippdolling führte zu anarchistischen Erscheinungen (1534–35).* »Knippdolling«, das wußte sogar ich, hieß in Wirklichkeit Knipperdolling.

Der Text über Johann von Leyden oder Jan Bockelson war genauso unergiebig. Um 1509 in Leyden geboren, am 22. 1. 1536 in Münster hingerichtet. Im Alter von 26 Jahren hatte er es zum »König« von Münster gebracht. *↑Knipperdolling, Bernhard, dtsch. Wiedertäufer* war 1534 Bürgermeister von Münster und *geriet unter den Einfluß seines Schwiegersohnes ↑Johann von Leyden u. wurde dessen Scharfrichter.*[6]

---

6 Alle Zitate aus: Universal-Lexikon in zwei Bänden. Alpha-Verlag, Köln, o.J..

Ich wußte jetzt, daß ich zuwenig wußte, um anständig kombinieren zu können.

In einer Innenstadtbuchhandlung kaufte ich den »König der letzten Tage« und setzte mich in ein nahegelegenes Yuppie-Café, in dem die Kellnerinnen lange weiße Schürzen trugen und auf einem Bildschirm MTV ohne Ton lief.

Eine böse Falle, wie ich bald feststellen mußte. Kaum hatte ich die Einleitung geschafft, setzte sich ein alter Bekannter an meinen Tisch. Er sei gerade auf dem Sprung nach Mittelamerika. Das mache er jedes Jahr um diese Zeit so. Und dann kamen die Geschichten der letzten Jahre. Ganz Mittelamerika rauf und runter.

Ich bekundete mein Mitgefühl. Gerne würde ich mehr über Azteken und sandige Strände hören, aber im Moment müsse ich dringend dieses Buch lesen. Jaja, er wolle mich nicht stören. Ein Vorsatz, den er zehn Sekunden lang durchhielt.

Auf dem Rückweg kaufte ich Lachsravioli und Muschelsoße, dazu fertig zubereitete Antipasti. Kein besonders billiges, aber ein äußerst wohlschmeckendes Mittagessen, das genauso schnell auf den Tisch zu bringen ist wie jedes x-beliebige Fertiggericht. Denn ein leerer Bauch stört beim Denken. Ein voller übrigens auch. Ich legte ein kleines Nickerchen ein, gefolgt von einem doppelten Espresso und einer zweiten Pfeife.

Jetzt endlich kam ich zum Lesen. Und nach einer Weile wußte ich eine Menge über die Vorgeschichte der Wiedertäufer. Ich kannte Melchior Hoffmann, den ersten Propheten der Wiedertäufer, der sich in Straßburg freiwillig verhaften ließ, weil er sechs Monate Gefängnis bei Brot und Wasser als notwendige Voraussetzung für die Wiederkehr Christi ansah. In Amsterdam hatten Männer und Frauen ihre Kleidung verbrannt und waren völlig nackt durch die

Straßen gelaufen, um mit markerschütternden Stimmen zu rufen: »Wehe! Die Rache Gottes. Die Rache Gottes!«

Aber, und dabei blätterte ich die Seiten durch, ich würde mindestens zwei Tage brauchen, um die Schwarte zu lesen. Zeit, die ich vielleicht nicht hatte. Der nächste Anschlag der Wiedertäufer würde bestimmt kommen. Und er konnte bedeuten, daß Mareike verhaftet wurde. In meiner Fantasie sah ich mich als Retter zur richtigen Zeit am richtigen Ort. Ich würde einschreiten, sie zur Seite ziehen, lange auf sie einreden, sie schließlich davon überzeugen, daß es viel zu gefährlich sei weiterzumachen. Wir würden völlig neu anfangen, ein Liebespaar werden, nach Mittelamerika fliegen oder wohin auch immer.

Ich nahm einen Zettel. Was wußte ich über die Anschläge?

- Ende Januar: Käfige am Lambertiturm werden gelb angemalt
- Mitte Februar: Säureanschlag auf das Bild von Bischof Waldeck
- Ende Februar: Bombenanschlag auf die Bistumsbank.

Die Zeitabstände zwischen den Aktionen waren etwa gleich, die Gewalt nahm zu. Was kam als nächstes dran? Das Bischofspalais? Der Dom? Hatte ich etwas übersehen?

Zu dumm, daß ich die Zeitungsberichte über die Anschläge nicht gelesen hatte. Aber das ließ sich nachholen. Alle Tageszeitungen haben ihre Ausgaben der letzten Monate vorrätig.

Ich stiefelte erneut zum Prinzipalmarkt, wo sich die Geschäftsstelle der größeren der beiden münsterschen Tageszeitungen befand. Nach eingehender Zeitungslektüre sah mein zweiter Zettel folgendermaßen aus:

- Käfigmalaktion: in der Nacht vom 21. zum 22. Januar
- Bild Waldeck zerstört: 24. Februar, nachmittags
- Bistumsbank demoliert: 28. Februar, mittags.

Bei den Zeitabständen hatte ich mich geirrt. Zwischen dem ersten und dem zweiten Anschlag lag über ein Monat, zwischen dem zweiten und dem dritten vergingen nur vier Tage. Seitdem waren bereits zehn Tage verstrichen. Also doch kein zeitlicher Rhythmus. Steckte ein anderes System dahinter?

Ich starrte auf die Zettel. Irgendein Datum kam mir bekannt vor. Ich hatte es in einem anderen Zusammenhang gelesen. Aber in welchem?

In meinem Gedächtnis ließ ich den Tag rückwärts laufen. Als ich bei den Lexikon-Texten ankam, fiel es mir ein: Am 22. Januar 1536 waren Jan van Leiden, Bernd Knipperdolling und ein dritter Wiedertäufer hingerichtet worden. Anschließend hatte man die Käfige mit ihren Leichen aufgehängt. Das System der Anschläge steckte in der Wiedertäufergeschichte. Sowohl was die Art der Aktion als auch den Zeitpunkt betraf. Jetzt mußte ich nur noch ganz schnell alles über die Wiedertäufer lernen – oder jemanden fragen, der sich besser damit auskannte.

Ich telefonierte eine Weile herum, und dann hatte ich *ihn*: Professor Walter Rasch, emeritierter Lehrstuhlinhaber für Neuzeitliche Geschichte an der Westfälischen Wilhelms-Universität zu Münster, Verfasser des Standardwerkes »Die Stadt im ausgehenden Mittelalter«, Wiedertäuferforscher nicht aus beruflicher Pflicht, sondern aus privater Neugier, wobei der eine oder andere Artikel für historische Fachblätter quasi als Abfallprodukt entstanden war, seit fünf Jahren im Ruhestand, wohnhaft in Havixbeck.

Ich wählte die Nummer, die mir die monotone Computerstimme bei der Auskunft gegeben hatte. Frau Rasch war am Apparat. Nein, ihr Mann sei jetzt nicht zu sprechen. Es sei doch auch schon reichlich spät. Wenn ich vielleicht morgen früh …

»Rasch«, meldete sich eine hohe Altmännerstimme.

»Guten Abend, Herr Professor Rasch. Mein Name ist Georg Wilsberg. Die Sache, um die es geht, ist wirklich sehr dringend. Sonst würde ich es nicht wagen, Sie zu stören.«

»Ja ja, kein Problem. Meine Frau behandelt mich, als wäre ich krank oder senil oder beides zusammen. Und lassen Sie den Professor weg!«

Ich schilderte ihm mein Anliegen.

»Ähm«, machte er ins Telefon, das berühmte Wissenschaftlerwort, mit dem man Vorträge beliebig strecken kann. »Ich muß gestehen, daß ich mich mit den Anschlägen nicht näher beschäftigt habe. Irgendwo hab ich's zwar aufgeschnappt, aber für Streiche orientierungsloser Jugendlicher gehalten. Was Sie sagen, klingt allerdings sehr interessant. Wissen Sie was? Kommen Sie einfach vorbei. In der Zwischenzeit mache ich mich ein bißchen sachkundig. In meinem Arbeitszimmer liegt noch ein Stapel alter Zeitungen.«

Aus dem Hintergrund kam deutlicher Protest.

»Und machen Sie sich wegen meiner Frau keine Sorgen! Man muß sie nur vor vollendete Tatsachen stellen. Zur Not kann ich auch selber Kaffee kochen.«

X

Havixbeck liegt ziemlich in der Mitte zwischen Roxel, Billerbeck und Altenberge und unterscheidet sich rein äußerlich nur unerheblich von den anderen -becks und -berges des Münsterlandes. Mittendrin steht eine Kirche, umgeben vom alten Siedlungskern, an den sich wiederum, wie Parasitenschwämme an einer verkümmerten Wirtspflanze, monotone und bodenfressende Einfamilienhaus-Kolonien anschließen.

Gegen neun Uhr abends erreichte ich das Ortsschild von Havixbeck. Dahinter ging das Licht der Straßenlaternen an, die eine gespenstisch leere Stadtimitation illuminierten. Gern hätte ich jemanden nach dem Weg gefragt, aber erst nach zehnminütiger Kreuzfahrt durch Havixbeck fand ich eine offene Tankstelle. Der Tankwart, ein rotgesichtiger, aufgeschwemmter Bursche, war so dankbar über die Unterbrechung seines Nichtstuns, daß er geschlagene fünf Minuten brauchte, um mir drei verschiedene Wege zum Haus des Professors zu erklären. Ich nahm den ersten, und drei Minuten später stand ich vor dem weißgestrichenen Häuschen mit der kitschigen Laterne über dem Eingang.

Frau Rasch öffnete und musterte mich mißtrauisch.

»Sie sind also doch gekommen?« fragte sie zur Begrüßung.

Ich setzte mein nettestes Lächeln auf. »Tut mir leid, wenn ich Sie störe. Es handelt sich um ein wirklich dringendes Anliegen.«

»Nichts ist so dringend, daß man es nicht zu zivilisierten Zeiten erledigen könnte.« Sie stand immer noch in der Tür, und das hieß: sie füllte sie aus.

»Nun laß ihn doch endlich rein!« rief der Professor, der unsichtbar blieb.

Widerwillig wich sie zur Seite und schloß die Tür hinter mir mit einem energischen Stoß.

»Wo finde ich Ihren Mann?« fragte ich vorsichtig.

Sie streckte den Zeigefinger aus. »Gehen Sie Ihrer Nase nach! Er raucht wieder Pfeife, obwohl es ihm der Arzt verboten hat.«

»Papperlapapp.« Das kleine, dürre Männchen mit der großen Pfeife im Mund kam auf mich zu. »Er hat mir geraten, mit dem Rauchen aufzuhören. Raten und Verbieten sind zwei völlig verschiedene Dinge. Walter Rasch.« Er schüttelte mir die Hand. Über der verbeulten grauen Hose trug er eine ebenso graue Strickweste, die ein neumodisches Holzfällerhemd verdeckte, das am Kragen mindestens fünf Nummern zu groß war. Der Kopf war vollkommen kahl, bis auf ein paar graue Strähnen, die sich um die Ohren kringelten.

»Kommen Sie mit! Wir gehen in mein Arbeitszimmer. Und du ...«, er wandte sich seiner Frau zu, »... bringst uns eine Kanne Kaffee.«

»Das glaubst du doch wohl selbst nicht«, fauchte sie zurück. »Kräutertee ist das Äußerste. Denk an dein Herz! Du wirst die ganze Nacht nicht schlafen können.«

»Na gut, dann Kräutertee.« Er zwinkerte mir zu. »Aber Herr Wilsberg möchte sicher eine Tasse Kaffee trinken, nicht wahr?«

»Gerne«, sagte ich.

»Siehst du!« Triumphierend schaute er zu seiner Frau auf. »Und nun sei so lieb! Mach den Kaffee bitte nicht zu dünn, Herr Wilsberg macht einen vollkommen gesunden Eindruck.«

Schmollend und einen Satz brummend, der nach »Bin ich hier das Dienstmädchen?« klang, verließ Frau Rasch den Schauplatz ihrer Niederlage.

Der Professor zog mich am Arm. »Der Kräutertee schmeckt fürchterlich, aber ihr Kaffee ist ausgezeichnet. Würde es Ihnen etwas ausmachen, mir ein halbes Täßchen abzutreten?«

Das Arbeitszimmer war labyrinthartig angelegt. Zwischen Bergen von Büchern, Aktenordnern, abgehefteten und unabgehefteten Kopien schlängelte sich ein schmaler Weg bis zum Schreibtisch, der wiederum vor einer vollgestopften Bücherwand und eingezwängt neben weiteren Regalen stand.

»Halten Sie das nicht für Unordnung!« belehrte mich Rasch. »Ich weiß genau, was sich wo befindet. Solange meine Frau nicht saubermacht. Und das tut sie leider jedes Vierteljahr.«

Er räumte einen Stapel Bücher von dem einzigen Sessel, der sich in dem Zimmer befand, und zog den Schreibtischstuhl hinter dem Schreibtisch hervor, so daß sich die beiden Sitzgelegenheiten gegenüberstanden. Dann stopfte er seine Pfeife und setzte sie umständlich in Brand. Ich hielt das für ein Signal, meine Zigarilloschachtel aufklappen zu dürfen. Als Raucher fühlt man sich in letzter Zeit ja so einsam.

Er schien etwas Ähnliches zu denken, denn ein Schmunzeln umspielte seinen faltigen Mund, als er meine *Sir John's* roch. »Wo man raucht, da kannst du ruhig harren, böse Menschen haben nie Zigarren.« Behaglich stieß er eine große Wolke aus. »Ich habe inzwischen Zeitung gelesen. Offen gestanden, hat es mich nicht viel schlauer gemacht. Zu dumm, daß ich von der Geschichte so wenig mitbekommen habe. In diesem verträumten Havixbeck lebt man wie unter einer Käseglocke.«

»Ich bin froh, daß wir in Havixbeck leben.« Mit diesen Worten flog die Tür auf, und Frau Rasch trug ein Tablett herein. Zwei Kännchen, zwei Tassen, Milch- und Zuckerbehälter sowie eine Schale mit Keksen bildeten das geblümte Ensemble. Während ihr Mann einen Servierwagen freiräumte, blieb sie mitten im Raum stehen und sagte streng: »Die Kekse sind für Herrn Wilsberg. Viel zu fettig für deinen empfindlichen Magen.«

Der Professor nahm ihr das Tablett ab. »Natürlich, Liebes. Und vielen Dank.«

Sie warf einen bösen Blick auf meinen Zigarillo. »Und mach hinterher die Fenster auf! Das dauert wieder Tage, bis der Gestank abgezogen ist.«

»In Ordnung«, flötete Walter Rasch. »Du brauchst nicht auf mich zu warten. Geh ruhig ins Bett, wenn du müde bist. Es wird noch eine Weile dauern, bis wir fertig sind.«

Sie wollte etwas sagen, stapfte dann aber wortlos hinaus.

Rasch prüfte den Inhalt der beiden Kännchen und goß dann zwei Tassen Kaffee ein. Nach dem ersten Schluck stopfte er sich zwei Kekse in den Mund. »Meine Frau«, artikulierte er undeutlich, »ist etwas streng. Aber ohne sie wäre ich vermutlich verloren.« Er spülte mit einer halben Tasse Kaffee nach. »Haben Sie eigentlich den Wiedertäufer-Film im Fernsehen[7] gesehen?«

»Nein. Außer Fußball und Tennis sehe ich nicht viel. Irgendwann hatte ich das Gefühl, daß ich alle Spielfilme

7 *König der letzten Tage* von Tom Toelle nach einem Drehbuch von Manfred Purzer. In zwei Teilen von jeweils neunzig Minuten vom ZDF im November 1993 gesendet. Der Fernsehfilm fiel nicht nur bei der Kritik, sondern auch beim Publikum durch. Nur die Hälfte derjenigen, die den ersten Teil gesehen hatten, wollte auch den zweiten Teil sehen.

kennen würde. Die neuen sehen aus wie die alten, und auch die werden nach der dritten Wiederholung langweilig. Seitdem begnüge ich mich mit den Inhaltsangaben in der Zeitung.«

»Sehr vernünftig. Fernsehen ist das Ende der Kommunikation. Mal abgesehen davon, daß alles niveau- und belangloser wird. Gucken Sie sich die kleinen Kinder an! Sitzen den ganzen Tag vor dem Fernseher und wissen nicht, daß es draußen eine Wirklichkeit gibt.« Ein dritter Keks fand den Weg in seinen Mund. »Aber zurück zu den Wiedertäufern. Der Film war grauenhaft. Er hatte mit der realen Geschichte so viel zu tun wie Sophia Loren mit Cleopatra. Obwohl ich zugeben muß, daß sie mir als Cleopatra sehr gut gefallen hat. Nein, diese Fernseh-Leute haben geglaubt, daß sie die Wiedertäufer-Geschichte mit aktuellen Bezügen modernisieren müssen. Jan van Leiden als gerissener und zynischer Sektenführer, der Visionen und Halluzinationen mit Bettlaken inszeniert. Und das Volk von Münster hockt den ganzen Tag auf dem Prinzipalmarkt und blökt wie eine Herde dummer Schafe. So war das nicht.«

Die Pfeife gab nichts mehr her, und der Professor hielt ein Feuerzeug an den Kolben. »Die Reformation und die verschiedenen Sektenbewegungen lassen sich nur als Kritik an der katholischen Kirche und den unwürdigen Lebensbedingungen verstehen. Wunderglaube, Ablaßbriefe und dazu das verlotterte Leben des höheren Klerus. Auch Waldeck, der damalige Bischof von Münster, war ja kein ordinierter Priester, sondern ein Lebemann. Viele Gläubige, vor allem aus den ärmeren Schichten, haben nicht verstanden, wie diese verkommene Kirche zum erhofften Heil führen kann. Zwischen kirchlicher und weltlicher Macht gab es kaum einen Unterschied. Nun, auch Luther und Zwingli haben schließlich ihren Kotau vor der Obrigkeit gemacht. Aber es gab überall Gruppen, die den eingeschlagenen Weg bis zu Ende gehen wollten. Die Wiedertäufer waren eine von ihnen. Melchior Hoffmann in Straßburg, Jan Matthys in Amsterdam, an verschiedensten Orten scharten sogenannte Propheten Jünger um sich. Jan van Leiden war so ein Mitläufer. Ein Schankwirt und Komödiant. Matthys hat ihn getauft und nach Münster geschickt. Damals, das war noch vor dem politischen Sieg der Wiedertäufer, war unser Jan nur eine kleine Nummer. Auch später hat er die prophetische Gabe nicht für sich in Anspruch genommen. Die hat er lieber anderen überlassen: dem lahmen Propheten Dusentschur und Knipperdolling. Leiden hat nach dem Tod von Matthys den Widerstand organisiert, die Kriegswirtschaft, und das hat er sehr geschickt getan.« Er stockte und lächelte entschuldigend. »Jetzt bin ich ins Erzählen gekommen. Dabei interessiert Sie das alles gar nicht.«

»Ich finde das sehr faszinierend. Heute vormittag habe ich angefangen, ein Buch darüber zu lesen.«

»Welches?« schnappte er nach.

»Der König der letzten Tage.«

»Ah, die beiden Franzosen. Zwar nicht wissenschaftlich, aber recht informativ. Etwas feuilletonistisch geschrieben. Man merkt, daß die beiden Journalisten waren. Jetzt gibt es etwas Neues. Von einem gewissen Thomas Seifert[8], auch Journalist. Der zeigt, daß das münstersche Wiedertäufertum eigenständige Wurzeln hatte, angefangen bei Bernhard Rothmann, dem *Stutenbernt*, ein Theologe, dem keiner der katholischen und protestantischen Pfaffen das Wasser reichen konnte.« Und Rasch setzte zu einem neuen Vortrag an.

»Herr Professor«, sagte ich zehn Minuten später, »das ist

8 Thomas Seifert: Die Täufer zu Münster. Agenda Verlag, Münster, 1993.

wahnsinnig interessant. Ich fürchte nur, wir werden morgen früh noch hier sitzen, wenn wir nicht langsam vom Allgemeinen zum Konkreten kommen.«

»Verzeihen Sie!« Er klopfte seine Pfeife aus. »Ich bin ein alter, dummer Mann. Mir fehlen die Studenten, wissen Sie. Niemand lädt einen emeritierten Professor zu einem Vortrag ein. Da wird jeder, der hier vorbeikommt, zum Opfer meiner Redseligkeit. Ich ertappe mich schon dabei, daß ich mit unserer Putzfrau über das Mittelalter rede.« Er schraubte die Pfeife auseinander und blies kräftig durch den Stiel. »Jetzt sind Sie dran. Bringen Sie mich auf den Stand Ihrer Ermittlungen. Ich verspreche, daß ich in der nächsten Viertelstunde kein Wort sagen werde.«

Und ich erzählte ganz von vorne, ließ weder die Begegnung mit dem Weihbischof noch den unfreiwilligen Aufenthalt beim Kommando Jan van Leiden aus. Am Ende berichtete ich von meinen Versuchen, in den Anschlägen der Wiedertäufer eine Systematik zu entdecken.

Rasch hatte sich inzwischen eine zweite Pfeife gestopft und schmauchte nachdenklich vor sich hin. Endlich nahm er die Pfeife aus dem Mund: »Am 24. Februar war das Säureattentat auf Franz von Waldecks Porträt, richtig?«

Ich bestätigte es ihm.

»Mir schwant da etwas.« Er stand auf und bewegte sich zielsicher durch den Raum. Aus einem bedenklich schwankenden Buchstapel zog er das dritte Buch von oben heraus. In dem Buch blätternd und mit nachtwandlerischer Sicherheit die verschiedenen Hindernisse umkurvend, kehrte er zu mir zurück.

Kurze Zeit später stieß er ein Triumphgeheul aus. »Ich hab's. *Denn haufenweise, als wenn sie die Verbrechen unter sich verteilen wollten, tobten sie am 24. Februar durch die Stadt.* Und hier: *Dann beraubten sie den Dom aller Kostbarkeiten, entweihten das Allerheiligste, plünderten die Altäre und nahmen die Tücher …*

Im Kapitelsaal zerstörten sie die Fenster und die mit kunstvollen Wappen gezierten Stühle der Domherren. Die Bilder der heiligen Jungfrau und Johannes des Täufers durchlöcherten sie, um sie als Abtritt zu brauchen … Die Bilder der Väter, Propheten und anderer Heiliger, die überall an den Säulen und Wänden angebracht waren, warfen sie mit Leitern und Brecheisen herab … Und so weiter und so weiter. Das ist von Kerssenbrock[9]. Der hat Ende Februar 1534, als Zwölf- oder Dreizehnjähriger, zusammen mit den anderen Katholiken die Stadt verlassen. Zumindest bis dahin ist er einigermaßen glaubwürdig. Der Rest seiner *narratio historica* sind Greuelmärchen, um das Blutbad an den Wiedertäufern zu rechtfertigen. Aber bekanntlich wird Geschichte ja immer aus der Perspektive der Sieger geschrieben.«

Der Professor klappte das Buch zu. »Da haben Sie Ihre Parallele. Am 24. Februar 1534 kam es in Münster zu einem Bildersturm in den Kirchen, vor allem im Dom.«

»Und der Anschlag auf die Bistumsbank?« fragte ich.

»Na, das wäre doch gelacht, wenn wir das nicht auch herausfinden.« Er wanderte erneut durch sein Labyrinth. »Hier«, rief er von der Bücherwand, »ich zitiere Jan Matthys, den Propheten, der von Holland nach Münster gekommen war: *Einem Christen gehört, kein Geld zu haben.* Ende Februar 1534 faßte der Stadtrat den Beschluß, daß alle Güter allen gemeinsam gehören sollen. Gresbeck, der andere Chronist[10], beschreibt, wie die Leute Silber, Edelmetalle

---

9 Hermann von Kerssenbrock: Narratio historica Anabaptistica furoris Monasterium. Münster, 1573.
Kerssenbrock kehrte 1550 nach Münster zurück und wurde Rektor der Domschule. Im Vorwort teilt er mit, daß er die »historische Erzählung vom Wiedertäuferaufruhr« geschrieben habe, »damit alle Rechtschaffenden die entsetzliche und schändliche Raserei der Wiedertäufer, nachdem ich sie ihnen vor Augen gelegt, meiden und verabscheuen möchten …«

10 Heinrich Gresbeck: Summarische Ertzelungk und Bericht der Wiederdope und wat sich binnen der Stat Monster in Westphalen zugetragen im jair MDXXXV. Wiederentdeckt und veröffentlicht von C. A. Cornelius:

und Schmuck aufs Rathaus bringen, wo alles verzeichnet und aufbewahrt wird. Gresbeck war übrigens der Verräter, der den bischöflichen Truppen im Sommer 1535 das Tor geöffnet hat. Aber das ist eine andere Geschichte.«

Der Professor hatte sich inzwischen wieder gesetzt und schaute mich aufmerksam an. »Nun wissen wir also, was sich das Kommando Jan van Leiden bei den Anschlägen gedacht hat. Und was machen wir mit unserem Wissen? Gehen wir damit zur Polizei?«

Das war die Frage, die ich erwartet und befürchtet hatte. Wie konnte ich den Professor davon überzeugen, daß es besser sei, wenn wir unser Wissen für uns behielten?

»Ich habe Ihnen noch nicht alles erzählt«, begann ich vorsichtig. »Es geht um einen siebzehnjährigen Jungen und eine junge Frau.«

Die Augen des Professors blitzten. »Eine junge Frau? Das klingt so, als wäre Liebe im Spiel.«

Und ich berichtete von Andreas Kleine-Schüttringhaus, den ich aus der Gruppe der Wiedertäufer loseisen wollte, und von Mareike, die ich, wenn irgend möglich, den Klauen der Polizei entziehen wollte.

»Und wie haben Sie sich das gedacht?« fragte Rasch, nachdem ich fertig war.

»Ich muß herausfinden, wann und wo der nächste Anschlag stattfindet. Alles weitere regelt sich vor Ort.«

»Sie glauben, die lassen sich mit guten Argumenten überzeugen?«

»Wenn nicht mit Argumenten, dann mit Drohungen. Immerhin weiß ich einiges über sie.«

Rasch nahm den letzten Schluck des erkalteten Kaffees und kaute ihn im Mund, als wäre er bei einer Weinprobe.

Berichte der Augenzeugen über das münsterische Täuferreich. Münster, 1853. Neuauflage 1965.

»Wir haben eine Hypothese aufgestellt, eine durchaus plausible, aber letztlich haben wir keinen Beweis, den wir der Polizei vorenthalten.«

»Danke, Professor.«

Er winkte ab. »Ich bin ein alter Mann. Mich sperrt keiner ein. Und so ganz unrecht haben die Wiedertäufer ja nicht.«

»Welche? Die vor 450 Jahren oder die heutigen?«

Ein diabolisches Lächeln huschte über sein Gesicht. »Beide.«

»Bleibt noch ein Problem«, sagte ich und spürte auf einmal, wie müde ich war. »Was werden sie als nächstes tun?«

Um drei Uhr morgens fuhr ich nach Hause. Mir rauchte der Kopf, ich war fix und fertig.

Das, dachte ich, kommt dabei heraus, wenn ich beschließe, einen Tag frei zu nehmen.

XI

Gegen Mittag des nächsten Tages wachte ich mit dem Gedanken auf, daß es eine zweite Spur gab, eine, die ich in der Zwischenzeit völlig verdrängt hatte. Vermutlich deshalb, weil ihre Verfolgung eine unangenehme persönliche Begegnung mit sich bringen würde. Sie hieß nämlich Tobias Frank, Münsters rasender Reporter und nervtötende Quasselstrippe.

Nach dem Frühstück hängte ich mich ans Telefon und erreichte ihn in der Redaktion.

»Hast aber Glück«, sagte Frank, »bin gerade auf dem Sprung zum nächsten Termin.«

»Wir sollten uns mal unterhalten. Mir ist da bei der Wiedertäufer-Geschichte was aufgefallen.«

»So? Was denn?«

»Nicht am Telefon. Können wir uns heute abend treffen?«

Er war sofort dazu bereit. Was mich nicht überraschte, da er extrem neugierig war. Aber ich glaubte, einen besorgten Unterton aus seiner Stimme herauszuhören. Um die Sache für mich nicht unangenehmer als nötig zu gestalten, schlug ich vor, gemeinsam zur Wassermann-Sauna in Hiltrup zu fahren.

Wenn ich mich nicht gerade in der Nähe des Äquators aufhalte (was selten genug vorkommt), gehören Saunen zu meinen bevorzugten Biotopen. Nichts ist entspannender, als nach einem Saunagang und einer kalten Dusche in einem bequemen Sessel zu sitzen, die Beine hochzulegen und in einer Illustrierten die dramatischen und herzzerreißenden Liebesaffären am englischen Königshof zu verfolgen.

An diesem Tag mußte ich auf Diana, Charles und Fergie verzichten, und meine Entspannung wurde durch den brabbelnden Tobias Frank gemindert, der mir Geschichten über seinen Chefredakteur erzählte, einen ehemaligen Bundeswehr-Offizier mit Miniatur-Panzer auf dem Schreibtisch. Ohne Plateauschuhe war Frank auf höchstens einssiebzig geschrumpft. Mit seinen langen dünnen Armen, dem pockennarbigen Gesicht, den abstehenden Ohren und der Igelfrisur sah er einem Adonis so unähnlich wie möglich.

Auf der Fahrt nach Hiltrup hatten wir über Belanglosigkeiten geredet. Ich ließ ihn schmoren, der Anblick seines angespannten Gesichtes war eine kleine Entschädigung für seine Anwesenheit. Wir absolvierten kurz hintereinander zwei Sauna-Gänge, tranken ein Kefir-Kirsch an der Bar und zogen uns dann in den Ruheraum zurück. Erst jetzt kam ich zur Sache.

»Ich war bei den Wiedertäufern.«

Er fuhr hoch: »Tatsächlich?«

»Ja. Drei Tage lang. Sie haben mich festgehalten.«

»Wieso denn?«

»Ich bin der Frau gefolgt, die das Geld abgeholt hat. Die erpreßte Summe, verstehst du. Dann haben sie mich entdeckt und ...«

»Unglaublich«, flüsterte er. »Warum ist davon nichts an die Öffentlichkeit gedrungen? Das ist doch *die* Geschichte. Mensch, du bist mein Aufmacher für die Ausgabe von übermorgen.«

»Du wußtest es nicht?« fragte ich hinterhältig.

»Ich?« Eine leichte Unsicherheit flackerte in seinen Augen. »Warum sollte ich es wissen?«

»Weil du dazugehörst. Du bist ein Mitglied des Kommandos Jan van Leiden.«

Das saß. Der Schweißfilm auf seinem Gesicht fing an, Tropfen zu bilden.

»Spinnst du?« keuchte er.

»Nein. Ich weiß es.«

»Du hast ja 'nen Knall. Ich bin kein Krimineller.«

Ich lehnte mich zurück und wartete. Frank hechelte. Schließlich gab er sich beleidigt: »Wie kommst du auf so einen Blödsinn?«

»Die Fotos.« Ich grillte ihn auf kleiner Flamme.

Seine innere Sauna war längst auf Hochtouren. Mit einem Handtuch wischte er sich den Schweiß vom Gesicht. »Welche Fotos? Hör endlich auf mit diesen verdammten Rätseln!«

»Die Fotos in dem Haus in Angelmodde, wo mich die Wiedertäufer festgehalten haben. Sie lagen auf der Treppe, als ich ging.«

»Hah! Das ist alles?« Es sollte nach Erleichterung klingen, aber die Angst war unüberhörbar.

Ich blieb gelassen. »Die Fotos stammen von dir. Auf einem bin ich zu sehen, vor dem zerstörten Gemälde in der Domkammer. Erinnerst du dich?«

Er schluckte. »Okay, das Foto habe ich gemacht. Aber was beweist das? Daß ein Abzug in die Hände der Wiedertäufer gelangt ist. Mehr nicht. Wir sind eine große Redaktion. Jeder hat Zugang zur Dunkelkammer, wo die Negative aufbewahrt werden.«

Ich hievte mich halb aus dem Sessel. »Das andere Foto, das ich erkennen konnte, war noch interessanter. Es zeigt den Moment, in dem die Bombe in der Bischofsbank explodiert. Man sieht, wie die Fenster zersplittern.«

»Das Foto ist nicht von mir«, stammelte er.

»Doch. Der gleiche Abzug. Die Fotos stammen eindeutig aus einer Reihe. Ich muß dir wohl nicht erzählen, was das bedeutet: Du *wußtest*, *wann* die Bombe explodiert.«

Ich stand auf. »Was hältst du von einem dritten Sauna-Gang?«

Als wir wieder herauskamen, mußte er sich an der Wand abstützen. »Mein Kreislauf«, stammelte er.

Ich schob ihn unter die eiskalte Dusche. »Das tut dir gut.«

Anschließend schaffte er es gerade noch bis zur nächsten Liege. Während er sich erholte, aß ich ein Hotdog an der Bar und hatte unanständig viel Spaß an meiner Gemeinheit.

Eine halbe Stunde später konnte er wieder laufen. Ich schlug ihm einen Spaziergang durch den weiträumigen Garten vor.

»Was willst du von mir?« fragte er, als wir zu dem kleinen, künstlich angelegten See kamen. »Zur Polizei hättest du längst gehen können.«

»Ich möchte, daß du mir einen Gefallen tust.«

»Und welchen?« erkundigte er sich mißtrauisch.

»In eurer Gruppe gibt es einen Jungen, Andreas Kleine-Schüttringhaus. Seine Eltern sind sehr besorgt. Sie haben mein ehemaliges Detektivbüro beauftragt, ihn zu suchen.«

Tobias Frank atmete auf. »Das ist es also. Du willst Knete verdienen, die Erfolgsprämie kassieren, indem du Andreas zu Hause ablieferst.«

Ich packte ihn am Bademantel und zog ihn zwei Zentimeter in die Höhe, so daß er fast bis zu meinem Kinn reichte . »Werd nicht frech, Tobias! Ich habe dich in der Hand, hast du das schon vergessen? Andreas ist viel zu jung für eure Robin Hood-Spielchen. Er hat bei euch nichts verloren.«

Frank zerrte sich los. »Nicht in dem Ton, Wilsberg. Ich habe nachgedacht, als ich auf dem Liegestuhl lag. Du hängst doch genauso drin wie ich. Wenn du der Polizei nichts über mich erzählt hast, hast du sicher auch kein Wort über das Haus in Angelmodde und Marion verloren. Das ist strafbar, großer Meisterdetektiv. Wir sitzen in einem Boot.«

Ich hatte große Lust, ihm eine zu scheuern, unterdrückte aber den verständlichen Wunsch. »Nicht ganz. Ich bin das Opfer, du der Täter.«

»Kannst du das beweisen?« heulte er auf. »Hast du irgendeinen Beweis, daß ich mehr gemacht habe als dieses eine Foto?«

»Leiser!« wies ich ihn zurecht. »Muß ja nicht ganz Hiltrup mitkriegen, was wir zu bereden haben. Paß auf!« Ich legte ihm einen Arm auf die Schulter und schob ihn Richtung Hauptgebäude. »Du sorgst dafür, daß Andreas zu mir kommt, und ich vergesse die Fotos. Das ist mein letztes Angebot. Ich habe nicht viel zu verlieren. Ich bin sowieso pleite, und wenn ich wegen Strafvereitelung verknackt werde, dann höchstens zur Bewährung.«

Er versprach, meinen Vorschlag an das Kommando Jan van Leiden weiterzuleiten, und ich riet ihm, die Entscheidung innerhalb der nächsten vierundzwanzig Stunden herbeizuführen. Ansonsten sähe ich mich gezwungen, meiner Pflicht als Staatsbürger nachzukommen, was ihn sicher Arbeit und Brot kosten würde.

Zurück fuhr ich alleine. Er hatte keine Einwände, ein Taxi zu nehmen.

Natürlich nahm ich den Umweg über das *Alcatraz*. Dieser Widerling (wie konnte Mareike nur mit einem solchen Idioten zusammenarbeiten?) hatte mir den Abend versaut, und es würde mich etliche Biere kosten, um wieder in gnädige Stimmung zu kommen.

Um diese Zeit war das *Alcatraz* brechend voll, keine

Chance, einen Stuhl oder Barhocker zu ergattern. Anna wuselte zwischen den Tischen herum, und Norbert zapfte wie ein Weltmeister. Ich blieb in der Nähe der Tür und trank ein erstes Bier im Stehen.

Nach einiger Zeit tat sich an der Theke eine Lücke auf, und ich eroberte einen Barhocker. Norbert nickte mir zu und stellte ungefragt ein neues Pils hin.

Einige Biere später wurde es leerer. Anna blieb neben meinem Hocker stehen und steckte sich eine Zigarette an. Sie gehörte zu dem großen münsterschen Bevölkerungsteil, der irgendwann ein Studium abgeschlossen (oder kurz vor dem Abschluß abgebrochen) hatte und dann feststellen mußte, daß ihm der akademische Arbeitsmarkt verschlossen blieb. Anna hatte Kunstgeschichte studiert und irgendwann ihren Nebenjob zum Hauptberuf gemacht. Seitdem kellnerte sie fast jeden Abend im *Alcatraz*. Trotzdem (oder gerade deswegen) las sie sehr viel, man konnte herrlich mit ihr plaudern, und Gerüchten zufolge war sie Mitglied des elitären Zirkels, der in der Lage ist, das ZEIT-Kreuzworträtsel in einer halben Stunde zu lösen (da ich keine Kreuzworträtsel löse, weiß ich nicht, was daran so phänomenal ist).

Anna zog den Rauch bis tief in die Lungenspitzen und stieß ihn dann durch die Nase aus. »Mein Glückwunsch. Norbert hat mir erzählt, daß es mit den zehntausend Mark geklappt hat.«

Ich nickte. »Und wie war dein Kurzurlaub?«

»Beschissen.«

»Hast du schon mal daran gedacht, deinen Freund zu wechseln?«

»Fast jeden Tag. Aber ich steh nicht auf Alkis. Und andere Männer lerne ich hier nicht kennen.«

Ich schob mein Bier ein Stück zur Seite. »Es soll vorkommen, daß jemand von Bier auf ... sagen wir: Mineralwasser umsteigt.«

»Ja«, lachte sie, »aber nur bis zum ersten Streit.«

Norbert beugte sich über die Theke. »Auch auf die Gefahr hin, daß ich störe: die da hinten wollen zahlen.«

Das war das Letzte, was ich von diesem Abend in Erinnerung behielt. Anscheinend mußte ich noch eine Menge getrunken haben, denn am nächsten Morgen fand ich mich nicht nur mit Kopfschmerzen, sondern auch im angekleideten Zustand im Bett wieder. Und nach der Unterschrift auf dem Zettel zu urteilen, den ich neben dem Telefon fand, hatte mich Anna nach Hause gebracht. Was mich jedoch vollends zur Verzweiflung brachte, waren die zwei Sätze, die über der Unterschrift standen: »Frau hat angerufen. Wollte ihren Namen nicht nennen.«

XII

Den Tag verbrachte ich hauptsächlich liegend, entweder in meinem Bett oder auf der Couch im Wohnzimmer, wobei ich abwechselnd auf den Fernseher und auf die Uhr guckte. Das erste, weil ich aufgrund der alkoholbedingten Schädigung meiner Denkzentrale zu keiner anspruchsvolleren Tätigkeit in der Lage war, das zweite, weil die vierundzwanzig Stunden, die ich Tobias Frank gegeben hatte, beharrlich abliefen. Wollte ich meinen Ruf als *tough guy* nicht verlieren, mußte ich etwas unternehmen. Fragte sich nur: was?

Bei der Suche nach einer Idee und forciert durch die dritte Wiederholung einer uralten Derrick-Folge fiel ich am späten Abend in einen leichten Schlummer, der von einem energischen Trommeln gegen die Terrassentür jäh gestört wurde.

Erst fiel ich von der Couch, und dann sah ich sie. Eine schlanke Gestalt mit schmalem, bleichem Gesicht und strubbeligen roten Haaren. Durch die Glasscheibe machte sie mir Zeichen, endlich die Tür zu öffnen.

Mein erster Gedanke galt meinem vermutlich schrecklichen Mundgeruch, aber zum Zähneputzen war es jetzt zu spät. Vielleicht ließe sich das Küssen auf später verschieben.

Ich riß die Tür auf und begrüßte Mareike mit einem überschwenglichen »Guten Abend!«

»Mein Gott, ich dachte, du wachst überhaupt nicht mehr auf.«

»Sonst schlafe ich nie vor dem Fernseher ein.«

Sie guckte sich im Wohnzimmer um, das vor ungefähr

zwei Wochen zum letzten Mal aufgeräumt und geputzt worden war.

»Meine Putzfrau ist im Urlaub«, sagte ich entschuldigend.

Sie guckte mich entsetzt an. »Deine Putzfrau?«

»Ein Scherz«, schob ich schnell nach. »Vor lauter Arbeit komme ich zu nichts.«

Der Einstieg war gründlich mißlungen. Es konnte nur noch besser werden. »Möchtest du etwas trinken?«

Sie hatte sich auf einem Sessel niedergelassen und betrachtete mich mit ausdrucksloser Miene. »Das ist kein privater Besuch. Ich bin gekommen, um mit dir zu verhandeln.«

»Worüber?«

»Worüber wohl?« Ein empörter Schnaufer. »Über das, was du Tobias Frank angedroht hast.«

»Ach so.« Ich verfluchte meine Trinkerei. Gerade jetzt hätte ich etwas mehr Geisteskraft benötigt.

»Ist das dein Ernst? Du willst ihn der Polizei ausliefern?«

»Ja, ich meine, Tobias Frank ist mir scheißegal, es geht mir um den Jungen. Er sollte zurück nach Hause, zu seinen Eltern.«

»Weil du einen Vertrag mit seinen Eltern hast.«

»Nicht ich. Sigi, meine ehemalige Partnerin. Ich mach das ohne Honorar, ich meine ...«

»Und ich dachte, du stehst auf unserer Seite.«

»Ich steh auf gar keiner Seite, höchstens auf meiner eigenen. Ich verurteile das nicht, was ihr tut, aber ich halte es für ausgemachten Blödsinn. Am Ende könnt ihr nur verlieren. Und die Kirche steht als Gewinnerin da, sie ist das Opfer, sie hat die Sympathien auf ihrer Seite.«

»So? Natürlich, wenn alle so denken wie du.«

»Wie denke ich denn?«

»Defätistisch. Du bist zu lahm, um den Arsch hochzukriegen. Als ich herkam, hatte ich noch gehofft, dich als Mitkämpfer gewinnen zu können.«

Gegen meinen Vorsatz wurde ich ungehalten. »Und wie nennst du das, was ihr mit Andreas macht? Einen Siebzehnjährigen in diesen Terrorismus-Scheiß hineinzuziehen?«

Mareike schüttelte ihre roten Locken. »Terrorismus? Ich hör wohl nicht recht? Das sind doch nur Nadelstiche. Und was wir vom Bistum fordern, ist nur ein Bruchteil des Geldes, das den Kirchensteuerzahlern ungerechtfertigterweise abgenommen wird.«

Wenn ich bis dahin noch geglaubt hatte, daß unsere Begegnung uns irgendwie näher bringen würde, dann war jetzt der Zeitpunkt gekommen, alle Hoffnungen aufzugeben. Ich fühlte mich mies, körperlich angeschlagen, geistig derangiert, seelisch deprimiert, mit zwei Worten: abgrundtief schlecht.

»Was ist jetzt?« fragte sie.

Ich guckte hoch: »Bitte?«

»Träumst du?«

»Es geht mir nicht gut. Ich habe wohl gestern abend etwas zu viel getrunken.«

»Hhmm.«

»Warst du das heute nacht, am Telefon?«

»Kann schon sein.«

»Es ist nicht so, wie du denkst. Anna hat mich nur nach Hause gebracht, weil ich nicht mehr ... fahren konnte. Wir haben ...«

»Es interessiert mich nicht«, unterbrach sie meine Ausführungen. »Laß uns endlich zur Sache kommen!«

»Gut. Wie du meinst.«

»Also?«

Ich konzentrierte mich. »Es bleibt dabei. Andreas hört auf mit der Wiedertäuferei, oder ich gehe zur Polizei.«

»Was weißt du eigentlich über Andreas?«

»Nicht viel. Bevor er Jan van Leiden für den Größten hielt, hat er Okkultismus, Satanismus und so 'n Zeug betrieben.«

»Eben. Ein Mitglied unserer Gruppe, ein Sozialarbeiter, wenn du's genau wissen willst, hat ihn da herausgeholt. Wahrscheinlich würde er noch heute im schwarzen Umhang über Friedhöfe streichen, wenn wir ihm nicht ein vernünftiges Ziel gegeben hätten.«

Beschwörend hob ich die Hände. »Bitte laß uns nicht wieder ins Grundsätzliche abgleiten! Krieg ich ihn, oder krieg ich ihn nicht?«

»Du kriegst ihn«, sagte sie leise.

Ich entspannte mich etwas.

»Eine reine Sicherheitsmaßnahme wegen Tobias«, fügte sie hinzu. »Das werde ich dir nie verziehen, daß du ihn da reingezogen hast.«

»Sag mal, hat Tobias Frank eigentlich vorgeschlagen, mich als Geldboten einzusetzen?«

Spöttisch grinste sie mich an: »Glaubst du, ich fall auf so einen Bauernfängertrick herein?«

»Man kann's ja mal versuchen.«

Sie stand auf. »Morgen wird Andreas bei seinen Eltern aufkreuzen.«

»Nein, nein«, widersprach ich. »Ich möchte, daß Sigi und ich dabei sind.«

»Ach ja. Ich vergaß, daß ihr damit euer Geld verdient.«

Sie war so verdammt überheblich.

»*One for the money, two for the show*, wie die *Doors* sangen. Außerdem habe ich ihm noch was zu sagen. Seine Eltern wissen, daß er bei den Anschlägen mitgewirkt hat.«

Generv verdrehte Mareike die Augen, aber schließlich einigten wir uns darauf, daß Andreas um zwölf Uhr am Dom sein würde.

Als sie schon in der Terrassentür stand, erkundigte ich mich im Plauderton: »Wie steht's mit euren Forderungen?«

»Die stellen sich stur. Und sie haben die Polizei eingeschaltet, wie du sicher bemerkt hast.«

»Und wer soll das nächste Mal das Geld überbringen?«

Sie lächelte. »Du nicht. Du bist zu bekannt. *Verbrannt*, wie es in der Agentensprache heißt.«

Ich nahm ihre Hand, die sich kalt und glatt anfühlte. »Tut mir leid, daß unser Gespräch so in die Hose gegangen ist.«

Ihr Lächeln gefror. »Was hast du erwartet? Jetzt warst du der Erpresser und wir die Erpreßten.«

Aber sie zog ihre Hand nicht zurück.

»Es ist nicht so, wie du denkst. Es geht mir nicht ums Geld. Ich glaube nur, daß ihr auf dem falschen Dampfer seid. Eure Motive, allerehrenwert, aber gegen Staat und Kirche zusammen habt ihr keine Chance.«

»Statistisch gesehen würde ich dir recht geben. Allerdings gibt es immer Ausnahmen.«

Ich nahm meinen restlichen Mut zusammen. »Können wir nicht noch einmal darüber reden? Ich meine, ich möchte nicht, daß du im Gefängnis landest.«

Ihre Mundwinkel zuckten spöttisch. »Du willst mich retten? Ist es das? Die *Pretty-Woman*-Nummer?«

»Seh ich aus wie Richard Gere?«

»Nein. Aber alle Männer bilden sich ein, sie müßten Frauen vor irgendetwas beschützen.«

Ich spürte, wie mir das Blut in den Kopf schoß. »Ich mag dich eben.«

Plötzlich war ihr Gesicht dicht vor dem meinen. Und ihre Lippen berührten mich.

»Ich kann selber auf mich aufpassen.« Sie sprang in den Garten. »Ich mag dich auch.«

Ein paar Minuten lang blieb ich auf der Türschwelle stehen. Dann merkte ich, daß ich vor Kälte am ganzen Körper zitterte. Ich schloß die Tür, zog meinen Mantel an und ging zur Vordertür hinaus. An Schlaf war nicht mehr zu denken. Gottseidank hatte das *Alcatraz* bis drei Uhr geöffnet.

Ich hatte Sigi verständigt, und schweigend warteten wir auf dem Domplatz. Wir hingen beide unseren Gedanken nach, die verpatzte letzte Nacht steckte mir noch in den Knochen.

»Es ist schon fünf nach zwölf. Glaubst du, daß er noch kommt?« fragte Sigi säuerlich. Sie stampfte mit den Füßen auf das Kopfsteinpflaster. Es war nach wie vor eisig kalt.

»Warten wir bis Viertel nach zwölf, bevor wir aufgeben.«

»Ich habe mit der Mutter telefoniert. Es wäre eine ganz schöne Blamage, wenn wir ohne ihn aufkreuzen.«

»Garantieren kann ich für gar nichts. Ah – da kommt er ja.« Ich deutete mit dem Kopf in die Richtung, aus der Andreas Kleine-Schüttringhaus auf uns zu schlenderte. Lässig, die Jeans an den Knien aufgeschlitzt, roter Parka, Baseballkappe. Ganz dem Modediktat für Siebzehnjährige entsprechend.

»Tach auch«, sagte er und guckte von Sigi zu mir und wieder zurück. »Alles klar?«

»Alles klar«, bestätigte ich. »Gehen wir!«

Wir stiegen in mein Auto, das ich vor der Post geparkt hatte, und fuhren Richtung Gievenbeck.

»Deine Eltern wissen, daß du beim Kommando Jan van Leiden warst«, informierte ich Andreas.

»Hat mir Marion erzählt«, kam es gelangweilt von der Rückbank.

»Aber sie werden nicht zur Polizei gehen. Und auch du

solltest möglichst deine Klappe halten, selbst guten Freunden gegenüber.«

»Bin doch kein Anfänger. Sie können sich Ihre guten Ratschläge sparen.«

»Deine Eltern haben sich Sorgen gemacht«, mischte sich Sigi ein. »Und du tust so, als wäre das alles gar nichts.«

Er schnaubte. »Meine Mutter ist doch froh, daß ich weg bin. Und mein Alter, okay, der hat manchmal seine sentimentalen Anfälle.«

»Ich habe gestern abend vergessen, Marion zu fragen, wie ich sie erreichen kann«, sagte ich so beiläufig wie möglich. »Kannst du mir eine Adresse oder Telefonnummer geben?«

Das einzige, was ich zur Antwort bekam, war: »Am Arsch.« Und damit war nicht nur die Stimmung im Auto charakterisiert, sondern auch das Ende der Unterhaltung eingeläutet. Seine allerletzte Bemerkung bezog sich auf das Musikprogramm im Autoradio: »Scheiß Dancefloor-Kacke.«

Nachdem wir Andreas abgeliefert hatten – das Wiedersehen verlief tatsächlich ziemlich emotionslos – gingen Sigi und ich noch auf einen Cappuccino in das Café neben ihrem Büro. Ich sagte, daß ich meine Meinung bezüglich des Honorars inzwischen geändert hätte. Da das Auffinden Andreas' maßgeblich auf meine Bemühungen zurückzuführen sei, würde ich einen bescheidenen Anteil der Erfolgsprämie für mich in Anspruch nehmen wollen. Sigi fragte, ob ich mit dreitausend Mark zufrieden sei, und ich war es. Dann erkundigte sie sich nach meinen weiteren Plänen. Ich wolle noch ein bißchen an der Wiedertäufer-Geschichte dranbleiben, erzählte ich. Die Frage, wer mich da reingezogen habe, sei nicht restlos geklärt.

Mit einem süffisanten Lächeln führte Sigi die Kaffeetasse an den Mund. »Außerdem gibt es eine gewisse Marion.«

»Ja. Eine Marion spielt auch eine Rolle.«

XIII

Die nächsten Tage und Wochen passierte nicht viel. Ich las alles über die Wiedertäufer, was ich in die Finger kriegte. Speziell interessierten mich ihre Aktionen im März und April 1534. Damals belagerte der Bischof bereits die Stadt, aber der Belagerungsring war noch nicht so eng und massiv, daß die Wiedertäufer nicht immer wieder die feindlichen Truppen angreifen oder in ihrem Rücken Sabotageakte verüben konnten.

So machten sie am 6. März einen Ausfall durch das Hörstertor und steckten zwei Mühlen in Brand. Am 13. März ereignete sich ein Ausfall am Jüdefeldertor, bei dem Brandfackeln in zwei Landgüter von Domherren geworfen wurden. Am 15. März wurden alle Bücher (außer der Bibel) auf dem Domplatz verbrannt. Am 3. April (dem Karfreitag) banden die Wiedertäufer den Vertrag zwischen Bischof und Stadt (in dem der Bischof Münsters Rechte garantiert hatte) an den Schwanz einer alten Stute und jagten diese in das Bischofslager nach St. Mauritz. Für den 5. April (Ostern) hatte Jan Matthys die Wiederkehr Christi und die Rettung Münsters prophezeit. Am Ostermorgen ritt Matthys mit wenigen Getreuen durch das Ludgeritor auf die bischöflichen Truppen zu, aber Gott ließ sich nicht provozieren, und Matthys und seine Leute wurden getötet. Am 9. April wurden auf Vorschlag Knipperdollings die Spitzen der Kirchtürme geschleift, um sie zu Plattformen für Kanonen umzugestalten. Am 16. April gab es in Wolbeck einen Brandanschlag auf das Munitionslager des Bischofs, und ebenfalls im April brachte eine führerlose Kutsche ein mit Menschenkot gefüllte Faß ins Lager der Bischöflichen, die, mißtrauisch wie sie waren, hineinstachen, was bei den Wiedertäufern allgemeines Hohngelächter auslöste.

Große Besorgnis verursachte bei mir der 16. Juni. Da hatte sich eine Frau namens Hille Feicken zur neuen »Judith« erklärt und sich aufgemacht, Bischof Waldeck (alias Holofernes) umzubringen, was ihr auch beinahe gelungen wäre.[11]

Natürlich war ich am 6. März in der Hörsterstraße, am 13. März in der Jüdefelderstraße und am 15. März auf dem Domplatz. Aber wer nicht kam, war das Kommando Jan van Leiden.

Langsam zweifelte ich daran, daß ich Mareike jemals wiedersehen würde, und ich versank gerade in einer mittleren Depression, als mich Professor Walter Rasch anrief. Der Professor war ganz aufgeregt. Vor ein paar Tagen sei er in der Domkammer gewesen und stutzig geworden, und jetzt, nach Konsultation eines anerkannten Kollegen aus der Kunstgeschichte, habe er den endgültigen Beweis.

Ich sagte ihm, daß ich keine Ahnung hätte, wovon er redete, aber er antwortete nur, daß ich sofort zur Domkammer kommen solle. Er würde mich dort erwarten.

Eine Viertelstunde später war ich in der Domkammer. Der Professor, diesmal in einen abgetragenen Wintermantel gehüllt, ging mit unruhigen Schritten auf und ab. Als er mich sah, packte er meinen Arm und zog mich zu den Gemälden. »Kommen Sie! Schauen Sie sich das an!«

Das Objekt seines Interesses war das inzwischen restaurierte Porträt Franz von Waldecks. Ein dicker Mann mit Backenbart und versoffenen Augen, jenseits der Le-

---

11 Die letzten beiden Abschnitte folgen im wesentlichen der Darstellung, wie sie in »Der König der letzten Tage« von Barret/Gurgand gegeben wird.

bensmitte, aber Sinnenfreuden offensichtlich nicht abgeneigt.

»Eine vage Ähnlichkeit mit Mario Adorf besteht durchaus«, flüsterte Rasch.

Ich guckte ihn verständnislos an.

»Ach so. Sie haben den Film ja nicht gesehen. Mario Adorf hat den Bischof gespielt.«

»Deshalb haben Sie mich sicher nicht herbestellt«, versuchte ich das Gespräch zu beschleunigen.

»Nein, nein. Schauen Sie sich das Bild einmal genau an!«

Ich schaute und schaute, sah aber immer noch Franz von Waldeck und nicht Mario Adorf oder Hans-Joachim Kulenkampf.

»Bitte, Professor, spannen Sie mich nicht auf die Folter!«

»Halten Sie *das* für ein restauriertes Gemälde?«

»Für was denn sonst? Ich habe es nach dem Säureanschlag gesehen. Alle Achtung, die Restaurateure haben ganze Arbeit geleistet.«

Der Professor strahlte mich triumphierend an und betonte jedes Wort einzeln: »Das ist das Original.«

»Und wo ist der Widerspruch?«

Seine Stimme verdünnte sich zu einem Wispern: »Dieses Bild ist nie beschädigt worden.«

»Was wollen Sie damit sagen?«

Er blickte sich um. »Nicht hier. Gehen wir nach draußen!«

Vor dem Dom wurden gerade die Stände des Wochenmarktes abgebaut, und inmitten von Kisten, fluchenden Marktbeschickern und nach Fisch stinkenden Pfützen dozierte Walter Rasch: »Der emeritierte Kunstgeschichtsprofessor hat mir bestätigt, daß das Bild dort oben in den letzten Jahren nicht restauriert worden ist. Das heißt, das Original wurde vor dem Anschlag ausgetauscht. Die

Wiedertäufer haben vermutlich eine wertlose Kopie beschädigt.«

Ich war wie vor den Kopf geschlagen. »Dann muß die Bistumsspitze *vor* dem Anschlag informiert worden sein.«

Rasch nickte. »Richtig.«

Wir schauten uns an und dachten beide das Gleiche: Im Kommando Jan van Leiden saß ein Maulwurf, der für die Gegenseite arbeitete.

Es kam der 3. April. Ich wartete im münsterschen Stadtteil St. Mauritz vergeblich auf einen alten Gaul mit einem Vertrag am Schwanz.

Und dann kam der 5. April. Er fiel, im Gegensatz zu 1534, nicht auf Ostern, sondern auf einen ganz gewöhnlichen Wochentag. Schon um sechs Uhr morgens war ich am Ludgeriplatz, wo seinerzeit das Ludgeritor gestanden hatte.

Es war noch dunkel, aber der Berufsverkehr rollte bereits über die Hammer Straße. Die erste Bäckerei mit Stehimbiß öffnete, und ich bestellte ein Käsebrötchen und eine Tasse Kaffee. Das pappige Brötchen kauend, schaute ich hinaus auf den Kreisverkehr. Nach den Fehlschlägen der vergangenen Wochen hatte ich keine großen Erwartungen, aber ich hätte es mir auch nie verziehen, wenn ich die nächste Aktion der Wiedertäufer verpaßt hätte.

Zehn Minuten später sah ich auf der gegenüberliegenden Straßenseite, halb verdeckt hinter Büschen, drei Menschen in Parkas, die sich unterhielten. Dabei blickten sie sich um, als warteten sie auf etwas. Nach und nach kamen andere hinzu, bis es schließlich sieben oder acht waren. Ich bezahlte den Kaffee und das Brötchen und ging hinaus. Eine leichte Erregung ließ meine Finger zittern, als ich einen Zigarillo anzündete.

Die Gruppe stand dicht beieinander, einer redete offensichtlich auf die anderen ein. Aber es war noch zu dunkel und die Entfernung zu groß, um Gesichter erkennen zu können. Plötzlich glaubte ich, ein paar rote Haarsträhnen erkannt zu haben. Das Kribbeln im Bauch nahm zu. Wochenlang hatte ich auf diesen Moment gewartet, doch jetzt war ich vollkommen unvorbereitet. Was sollte ich tun? Hinübergehen und *»Hallo Mareike!«* sagen? Ich nahm an, daß der Erfolg eher mäßig gewesen wäre. Bestenfalls hätte ich bei ihr einen Wutanfall ausgelöst.

Also blieb ich auf meiner Straßenseite, verzog mich in einen Hauseingang und beobachtete weiter. Das Beste würde es sein, wenn ich Mareike nach dem, was auch immer sie vorhatten, verfolgte, um ihre Adresse herauszufinden. Dann konnte ich die Kontaktaufnahme weniger brachial gestalten. Und immerhin, sprach ich mir Mut zu, hatte ich nach der Entdeckung von Professor Rasch allen Grund, sie zu besuchen.

In die Gruppe auf der anderen Straßenseite kam jetzt Bewegung. Einige bückten sich und zogen metallisch glänzende Teile aus Tüten und Taschen. Die Metallteile sahen spitz und gefährlich aus. An ihnen hingen Ketten, die sich wiederum mit den Ketten der anderen Teile verbinden ließen. Die Menschen bewegten sich schnell auseinander, und bald entstand eine etwa zehn Meter lange Schnur, durchsetzt mit Metallkrallen. Ich ahnte, was sie beabsichtigten: Sie wollten den Verkehr auf dem Ludgeriplatz, ein Nadelöhr des gesamten Stadtverkehrs, lahmlegen.

Schon versammelten sich alle am Straßenrand. Dann sprang einer, die Kette in der Hand, zwischen den Autos hindurch auf die Grüninsel in der Mitte des Platzes. Die Metallkrallen landeten auf dem Boden. Bevor die ersten Autofahrer reagieren konnten, waren sie über die Krallen gerollt. Reifen platzten, Autos schleuderten und blieben mitten im Kreisverkehr stehen, ein Hupkonzert brach los, und man hörte, wie Metall gegen Metall krachte. Für einen Moment sah es so aus, als würden sich die Autos aufeinanderschieben, einen riesigen, ineinander verkeilten Schrotthaufen bilden. Doch dann kam der Verkehr ganz plötzlich zum Stillstand, nichts bewegte sich mehr, nur gedrosselte Motoren und vereinzeltes, verzweifeltes Hupen.

Ich hatte wie gebannt auf die Massenkarambolage gestarrt, so daß ich erst jetzt die sechs Männer bemerkte, die auf meiner Seite der Hammer Straße auf das Chaos zugingen. Obwohl sie Zivil trugen, waren sie untrüglich als Polizisten erkennbar. Sie bewegten sich wie Polizisten, sie guckten wie Polizisten, und sie rannten jetzt auch wie Polizisten auf die sich auflösende Gruppe der Wiedertäufer zu.

Auf der anderen Straßenseite entdeckte ich ebenfalls eine Sechsergruppe, und von der Hafenstraße stürmte ein dritter Trupp hinzu. Offensichtlich hatte die Polizei alle sechs Verbindungsstraßen des Ludgeriplatzes abgedeckt, und man mußte über keine großen analytischen Fähigkeiten verfügen, um zu erkennen, daß diesmal die Polizei *vor* dem Anschlag informiert worden war.

Auch die Wiedertäufer hatten inzwischen bemerkt, daß etwas schiefgelaufen war. Zunächst hatten sie sich vereinzelt und ohne große Eile vom Ort des Geschehens entfernen wollen, doch dann sahen die ersten, daß sie eingekesselt waren. Warnrufe erschollen, einige rannten über die Grüninsel auf die Promenade zu, andere versuchten, in der Masse der Autos und der diskutierenden Autofahrer unterzutauchen. Trotz der unübersichtlichen Lage konnte ich von meinem Standpunkt aus beobachten, wie zwei Wiedertäufer überwältigt wurden.

Das alles sah und registrierte ich, aber mein eigentliches Interesse galt Mareike. Während ich nun auch zum Ludgeriplatz rannte, suchte ich verzweifelt nach ihren roten Haaren. Und dann sah ich sie. Wie ein Hase schlug sie Haken, um die beiden Polizisten an ihren Fersen abzuhängen. Ein scheinbar zweckloses Unterfangen, denn die beiden Jäger sahen nicht so aus, als würden sie konditionelle Probleme bekommen. Zwischen den Autos, auf und über Stoßstangen und Motorhauben verringerte sich mal der Abstand, mal wurde er größer. Mareike hielt sich überraschend gut. Und sie hatte Glück. Einer der beiden Polizisten rutschte von einer Stoßstange ab, machte noch ein paar Schritte, faßte sich an den Knöchel. Ausgeschieden.

Der andere Verfolger ließ nicht locker. Ich wühlte mich in die Straßenmitte, die beiden waren noch etwa zwanzig Meter von mir entfernt. Neben mir heulte ein Mercedesfahrer in sein Autotelefon. Noch fünf Meter. Mareike sah mich, stoppte einen Moment, der für sie fast verhängnisvoll geworden wäre, und rannte dann weiter. Hechelnd streckte der Polizist seine Hand aus – und griff ins Leere. Dadurch kam er etwas ins Straucheln. Ich stieß einen Schrei aus und ließ mich vor seine Füße fallen. Er wollte springen, blieb aber hängen und knallte voll gegen die geöffnete Mercedestür.

Der Aufprall verursachte ein schauerliches Geräusch. Ich kam wieder auf die Beine und sah, daß seine Nase das meiste abbekommen hatte. Sie sah irgendwie verbogen aus, und Blut tropfte auf den Hemdkragen. Der Mercedesfahrer hatte vor Schreck sein Autotelefon fallen lassen.

Ich beugte mich über den Polizisten. »Tut mir leid, ich bin ausgerutscht.«

Er faßte sich an die Nase und stieß unverständliche Laute aus. Dann wollte er aufstehen. Ich reichte ihm meinen Arm und hielt ihn dabei fest. »Tut mir wirklich sehr leid. Sie müssen sofort zum Arzt.«

»Ja, ja«, artikulierte er undeutlich. »Lassen Sie mich endlich los!«

Er lief weiter, aber deutlich langsamer und ohne festes Ziel. Denn Mareike war verschwunden.

XIV

Diesmal rechnete ich beinahe mit ihr, und sie kam tatsächlich. Zu ihrer gewohnten Zeit, zwischen Ulrich Wickert und den Spätnachrichten. Zum ersten Mal, seitdem ich sie kannte, wirkte sie überhaupt nicht cool und selbstsicher. Die Ereignisse des zurückliegenden Tages hatten offensichtlich an ihren Nerven gefressen. Sie sah noch bleicher aus als sonst, das Gesicht eingefallen, um die Augen dunkle Schatten. Mit einem Seufzer ließ sie sich auf den Sessel fallen.

»Möchtest du heute etwas trinken?« fragte ich.

Sie nickte.

»Bier, Wein, Wasser, Kaffee?«

»Ein Bier wäre nicht schlecht.«

Ich holte zwei Flaschen aus dem Kühlschrank, dazu ein Glas für sie.

Sie nahm einen tiefen Schluck aus der Flasche.

»Wo kommst du her?«

Sie schüttelte den Kopf. »Nicht jetzt.«

Ich ließ ihr Zeit. Nach einer Weile probierte sie ein vorsichtiges Lächeln. »Danke, daß du mir geholfen hast.«

Ich machte eine Handbewegung. »War nicht weiter schwierig.«

»Wenn du ihn nicht aufgehalten hättest, säße ich jetzt im Knast.«

»Kann schon sein.«

»Und das ohne jeden Grund.«

»Du warst der Grund.«

»Dabei wolltest du dich doch nicht einmischen.« Sie

grinste verschmitzt. »Hast du deine Meinung etwa geändert?«

»Nein. Ich werde keinen Aufnahmeantrag für euren Verein stellen.«

Das Lächeln verschwand, und sie seufzte wieder. »Zwei von uns haben sie erwischt. Der Rest konnte gottseidank entkommen. Ich habe keine Ahnung, wieso die Bullen so schnell da waren.«

»Wirklich nicht?« fragte ich ungläubig.

Ihr Gesicht war ein einziges Fragezeichen. »Was meinst du?«

»Sie wußten es. Sie waren darauf vorbereitet.«

»Das kann doch nicht sein.«

»Doch. Einer von euch arbeitet für die Gegenseite.«

»Quatsch.« Sie dachte nach. Plötzlich verengten sich ihre Augen zu Schlitzen. »Und wieso warst *du* da?«

Ich grinste. »Ich habe euer System durchschaut. Zugegeben, nicht alleine, ein pensionierter Professor für Geschichte hat mir dabei geholfen. Am 22. Januar wurden die Leichen der Wiedertäufer in den Käfigen am Lambertiturm aufgehängt, in der Nacht zum 22. Januar habt ihr die Käfige gelb angemalt. Am 24. Februar veranstalteten die Wiedertäufer einen Bildersturm in den Kirchen, am 24. Februar habt ihr das Gemälde in der Domkammer zerstört. Ende Februar ...«

»Hör auf!« schrie sie genervt. »Ich glaube es dir auch so.«

»Du kannst dir nicht vorstellen, wo ich in den letzten Wochen überall war. Wenn im März 1534 ein Wiedertäufer auch nur mit einer Steinschleuder geschossen hat, ich war zum gleichen Zeitpunkt am selben Ort.«

Mareike starrte mich fassungslos an. »Das hätte ich dir gar nicht zugetraut.«

»Ich mir auch nicht.«

Wir lachten.

»Übrigens, das Porträt von Franz von Waldeck, das ihr in der Domkammer beschädigt habt, war nicht echt.

»Was?«

»Vermutlich eine billige Kopie. Jetzt hängt das Original wieder an seinem alten Platz.«

»Woher weißt du das?«

»Von dem selben Professor, mit dem ich euer System geknackt habe. Er hat sogar einen Kunstgeschichtler hinzugezogen, um ganz sicher zu sein. Glaubst du jetzt, daß in euren Reihen ein Maulwurf sitzt?«

Sie faßte sich an die Stirn und versank im Sessel. »Nein. Das darf nicht wahr sein.« Man konnte förmlich sehen, wie sie sich alle Mitglieder des Kommandos Jan van Leiden gedanklich vorknöpfte, um den Verräter ausfindig zu machen.

»Aber«, sagte sie nach der Denkpause, »wenn es so ist, wie du sagst: Warum hat uns die Polizei dann nicht verhaftet, *bevor* wir den Verkehr lahmlegen konnten?«

»Sie hätten keinen Beweis gehabt. Es ist nicht verboten, spitze Gegenstände mit sich zu führen. Wenn keiner von euch umgefallen wäre, hätte nicht einmal ein Kronzeuge etwas bewirkt.«

Sie sprang auf. »Ich muß ... Nein.« Unruhig ging sie hin und her. »Dann ist auch unser Treffpunkt nicht mehr sicher. Wie kann ich die anderen warnen?«

»Ich würde nichts übereilen«, riet ich. »Du solltest dir jeden Schritt, den du machst, genau überlegen.«

»Du hast recht. Aber ich wollte dort übernachten. Wo ...?«

»Du kannst hierbleiben. Ich beziehe dir die Schlafcouch.«

Sie ging vor mir in die Hocke und legte ihre Hände auf meine Knie. »Danke. Du bist echt in Ordnung.«

Ich überlegte, ob ich sagen sollte, daß ich noch einen besseren Vorschlag hätte.

In der Nacht fand ich wenig Schlaf. Mareike ging es ähnlich. Als ich um sieben Uhr morgens in die Küche wankte, traf ich sie neben dem Kühlschrank, mit einem Glas Milch in der Hand.

»Ich habe nachgedacht«, verkündete sie ohne Vorrede. »Wir müssen mit Martin sprechen. Martin ist unser ...«

»Boß, Capo, Commandante«, schlug ich vor.

»Formal gibt es bei uns keinen Chef ...«

»Aber einer ist immer gleicher als die anderen.«

»Martin ist der Mönch, weißt du.«

»Der Priester, der nicht weiß, warum er noch Priester ist.«

Sie nickte. »Ich trau mir nicht zu, allein eine Entscheidung zu treffen. Außerdem möchte ich, daß *du* ihm die Maulwurf-Theorie erzählst. Ich kann mir immer noch nicht vorstellen, daß einer von uns ...«

»Können wir vorher noch frühstücken?« fragte ich. »Ich bin ganz schlecht in Theorie, wenn ich nicht vorher zwei Tassen Kaffee getrunken und ein Brötchen gegessen habe.«

»Entschuldige, du bist ja gerade erst aufgestanden.«

Ich erzählte ihr nicht, daß ich mich seit halb sieben im Bett herumgewälzt hatte, setzte Kaffee auf und ging zur Vollwertbäckerei um die Ecke, um ein paar Brötchen zu erstehen.

Um acht Uhr saßen wir in meinem Auto. Schweigend hörten wir dem Pärchen im *Morgenmagazin* zu, das sich lustlos die Kalauer zuspielte.

Endlich brach ich das Schweigen. »Wer ist eigentlich auf die beknackte Idee gekommen, den Ludgeriplatz mit

Krallen zu bestücken? Ich habe im Radio gehört, daß mehrere Leute verletzt wurden. Es hätte auch Tote geben können.«

Mareike kaute auf ihrer Unterlippe. »Ich bin mir nicht sicher, ob ich dir das sagen darf.«

»Was muß ich noch machen, damit du mir vertraust?«

»Okay. Es war Tobias Frank.«

Ich fluchte. »Dieser miese Knilch.«

Kleinlaut gab sie zu: »Einige von uns hatten Bedenken. Ich auch. Aber schließlich hat sich eine Mehrheit dafür entschieden.«

»Totaler Schwachsinn«, warf ich ihr vor. »Solange ihr euch auf Gewalt gegen Sachen und das Eigentum der Kirche beschränkt habt, hat man euch für harmlose Spinner gehalten. Das wird sich jetzt ändern.«

Mareike guckte auf die Straße. »Hinterher ist man immer klüger. Diejenigen, die sich durchgesetzt haben, sagten, daß wir die Aktionen verschärfen müssen, um überhaupt eine Wirkung zu erzielen.«

»War Martin dabei?«

»Nein. Er konnte das Kloster nicht verlassen. Er gehört dem Benediktinerorden an. Da herrschen strenge Regeln.«

»Und für eure Versammlungen bekommt er frei?«

»Na ja, er leitet Exerzitien außerhalb des Klosters, und manchmal erfindet er eine Ausrede.«

Wir hatten die letzten Ausläufer der Baumberge hinter uns gelassen und fuhren durch das westliche Münsterland. Mareike war schon zweimal im Kloster Rosmalen gewesen, konnte sich aber nicht mehr genau an den Weg erinnern. Immerhin wußte sie, daß es sich irgendwo zwischen Coesfeld und Billerbeck befinden mußte.

Zum Glück ist das deutsche Schilderwesen in der Welt unübertroffen. Getreu der Anweisung »Kloster Rosmalen

250 m« bogen wir von der Landstraße in eine schmalere Verbindungsstraße ab, die uns zuerst durch den Weiher Rosmalen und dann zu dem auf einem Hügel thronenden, einer Trutzburg nicht unähnlichen Kloster führte.

Mareike guckte auf ihre Uhr. »Wenn wir uns beeilen, schaffen wir es noch bis zum Hochamt.«

Die Idee schien mir wenig verlockend.

»Das ist unsere einzige Chance, mit Martin Kontakt aufzunehmen«, klärte mich Mareike auf. »Die Mönche dürfen keine Besucher empfangen.«

Das Kloster bestand aus drei mehrgeschossigen Flügeln, die gemeinsam mit der Klosterkirche ein geschlossenes Viereck bildeten. Aus der Nähe sahen die mächtigen Sandsteinquader nicht annähernd so alt und unheimlich wie die Filmkulisse in »Der Name der Rose« aus.

Mareike kannte den Grund: »Hier war früher ein Bauernhof. Um 1900 haben die kinderlosen Hofbesitzer das Grundstück dem Benediktinerorden geschenkt.«

An zwei putzigen Steinlöwen vorbei hasteten wir ins Innere der Kirche und setzten uns in die erste Gebetsstuhlreihe. Vor uns befanden sich der Altar und zu beiden Seiten des Altares die Bänke der Mönche.

Um Punkt neun öffnete sich eine Seitentür, und die in braune und grüne Kutten gehüllten Mönche kamen in Zweierreihen herein. Vor dem Altar teilten sich die Paare, um zu ihrem jeweiligen Gestühl zu schreiten. Falls Martin an uns vorbeigegangen war, hatte er es sich jedenfalls nicht anmerken lassen.

»Ist er dabei?« flüsterte ich Mareike ins Ohr.

Sie nickte.

»Welcher ist es denn?«

»Der Schwarzhaarige in der mittleren Bank rechts.«

Und dann begannen sie zu singen. Ein beruhigender, fast meditativer Gesang, der von Orgelklängen unterstützt wurde. Martin, ein etwas korpulenter Mann von Mitte dreißig, der dichtes schwarzes Haar und eine goldumrandete Brille trug, sang genauso inbrünstig und verbeugte sich genauso stoisch wie seine überwiegend älteren Kollegen.

Nach dem Hochamt verschwanden die Mönche wieder durch die Seitentür.

»Und nun?« fragte ich Mareike, als wir in der weihrauchgeschwängerten Kirche unter uns waren.

»Wart's ab!« gab sie kurz angebunden zurück.

In der Kirche gab es nicht viel zu sehen, und ich blätterte lustlos in einer Broschüre über das Klosterleben. Um fünf Uhr morgens war allgemeines Wecken. Kein Wunder, daß der Orden Nachwuchsprobleme hatte.

Trippelnde Schritte rissen mich aus meinen Überlegungen. Martin hatte alles Komtemplative abgestreift und funkelte Mareike wütend an. »Warum hast du ihn hergebracht?«

»Es ging nicht anders«, verteidigte sie sich. »Wir stecken in der Klemme.«

Bevor sie zu weiteren Erklärungen ansetzen konnte, packte er ihren Arm. »Nicht hier! Wir gehen in den Park.«

Bislang hatte er mich keines Blickes gewürdigt, und das änderte sich auch nicht, als wir in Dreierformation durch den kleinen, zwischen Kloster und Straße angelegten Park schritten. Von außen mußte unser Treffen wie ein seelsorgerisches Gespräch wirken.

Da ich hinter den beiden hertrottete, bekam ich nur bruchstückhaft mit, was Mareike von meinen Beobachtungen und der Entdeckung Professor Raschs berichtete. Als sie fertig war, blieb Martin stehen und guckte gedankenverloren in den Himmel. Langsam wischte er sich mit der Hand über die Stirn, als wollte er die schwarzen Gedanken dahinter verscheuchen. Mit einem Ruck wandte er mir den Kopf zu.

»Tut mir leid«, sagte er mit der warmen Stimme, die ich aus dem Haus in Angelmodde kannte, »ich habe es nicht für möglich gehalten, daß Sie sich uns gegenüber loyal verhalten.«

Ich lächelte. »Sind Sie nicht gehalten, an das Gute im Menschen zu glauben?«

Er gab einen glucksenden Ton von sich. »So naiv bin ich nun auch wieder nicht.« Sofort wurde er wieder ernst. »Wenn Ihre These stimmt, sieht es sehr böse für uns aus. Haben Sie einen Vorschlag?«

»Gegenfrage: Haben Sie eine Idee, wer der Verräter ist?«

Er schüttelte den Kopf. »Nein.«

»Das Wichtigste ist, daß wir den Maulwurf im Kommando Jan van Leiden ausfindig machen.«

»Wir?« Mareike runzelte die Stirn.

»Ja. Wir. Ich schlage vor, daß ihr mich als Neumitglied vorstellt. Wann ist das nächste Treffen?«

»Warum tun Sie das?« fragte Martin.

Ich guckte zum Kloster. »Sagen wir: aus persönlichen Gründen.«

Mareike räusperte sich. »Das nächste Treffen ist heute abend.«

»Gut. Die Sache bleibt unter uns. Kein Wort an jemand anderen aus dem Kommando!«

»Aber wir können doch nicht einfach so weitermachen, als wäre nichts geschehen«, protestierte Martin.

»Doch. Erstens darf der Maulwurf nicht wissen, daß wir ihm auf der Spur sind. Und zweitens: Falls das Bistum tatsächlich mit drinsteckt, haben wir ein hervorragendes Druckmittel, nämlich die Geschichte an die Öffentlichkeit zu bringen.«

»Ich weiß nicht«, meinte Martin skeptisch.

»Das einzige, was wir erreichen können, ist ein Deal mit der Kirche. Sie verzichtet auf Strafverfolgung, dafür vergessen wir, was wir wissen. Die 500.000 müßt ihr euch natürlich aus dem Kopf schlagen.«

»Nein.« Mareike konnte ihre Enttäuschung nicht zurückhalten. »Alles soll umsonst gewesen sein? Da mache ich nicht mit.«

»Bleib auf dem Teppich!« fuhr ich ihr in die Parade. »Hast du vergessen, daß die Polizei zwei von euch geschnappt hat? Was ist, wenn die beiden anfangen zu reden?«

»Das werden sie nicht.«

»Vermutlich hat er recht«, mischte sich Martin ein.

Da dröhnte vom Glockenturm der Klosterkirche ein einzelner Schlag herüber, und der Mönch schreckte zusammen. »Ich muß zurück ins Kloster.« Hastig schüttelte er mir die Hand. »Hoffentlich haben Sie Erfolg!«

»Könnte Martin der Verräter sein?« fragte ich Mareike, als wir wieder im Auto saßen.

»Martin? Unmöglich.«

»Er ist Priester, vergiß das nicht.«

»Aber die Idee, das Kommando Jan van Leiden zu gründen, stammt doch von ihm.«

Ich lächelte. »Genau das macht ihn ja verdächtig. Der Weihbischof ist ein Wiedertäufer-Experte. Er und Monsignore Kratz könnten sich die Geschichte ausgedacht haben. Dann haben sie einen Geistlichen gesucht, der Kontakt zu kirchenkritischen Kreisen hat.«

Mareike war empört. »Du kennst Martin nicht. Er ist mit einem solchen Eifer bei der Sache …«

»Und wo war er gestern morgen, als die Polizei am Ludgeriplatz beinahe die gesamte Gruppe verhaftet hätte?«

»Er darf das Kloster nur in Ausnahmefällen verlassen, das habe ich doch schon gesagt.«

Jedes weitere Nachbohren schien zwecklos, und ich machte den Vorschlag, ein verfrühtes Mittagessen zu uns zu nehmen, denn ich verspürte einen nagenden Hunger, ein Gefühl, das sich bei mir automatisch einstellt, wenn ich länger als eine halbe Stunde autofahre.

Mareike war der Appetit vergangen, aber sie willigte ein, einen Salat zu bestellen und mir beim Essen zuzusehen.

Beim nächstbesten Dorfgasthof hielten wir an. Die Speisekarte stammte aus jener Zeit, als Schweinepest und Rinderwahnsinn noch nicht zu grassierendem Vegetarismus geführt hatten.

Ich bestellte einen Rinderschmorbraten mit Rotkohl, und Mareike bekam, nachdem sich die Kellnerin ungläubig vergewissert hatte, einen kleinen Salat.

»Jeder ist verdächtig«, kam ich mit vollem Mund auf den heiklen Punkt zurück. »Auch du.«

»So?« sagte Mareike spitz. »Kannst du das begründen?«

»Was weiß ich denn schon über dich, außer, daß deine Mutter das Opfer einer Teufelsaustreibung geworden ist?«

»Reicht das nicht?«

»Die Geschichte könnte erfunden sein.«

Mareike fixierte mich mit einem Geierblick. »Was willst du wissen?«

»Alles. Wo kommst du her? Wie alt bist du? Was machst du beruflich?«

»Da gibt es nicht viel zu erzählen. Ich bin in Münster geboren, in Münster aufgewachsen, und jetzt studiere ich in Münster. Das heißt, ich bin eingeschriebene, aber in letzter Zeit wenig aktive Studentin der Fächer Kunst und Germanistik mit Berufsziel Lehrerin. Zufrieden?«

»Hast du einen Freund oder bist du verheiratet?«

Sie prustete. »Sag doch gleich, worauf du hinauswillst! Ja, es gibt jemanden. Aber er ist weit weg.«

»Wie weit?«

Ihr Blick heftete sich an die holzvertäfelte Wand der Kneipe. »Er lebt in England. Er ist Professor für Politikwissenschaften. Wann immer es sich einrichten läßt, und das ist nicht öfter als drei- oder viermal im Jahr, besuche ich ihn.«

»Mit anderen Worten: Er ist verheiratet.«

»Ja, das ist er.« Sie schob die Salatschüssel zur Seite und sah mich mit spöttischem Blick an. »Müssen wir weiter darüber reden?«

Die eine oder andere Frage lag mir noch auf den Lippen, aber es schien mir wenig opportun, sie jetzt zu stellen.

XV

Das Treffen fand in Ottmarsbocholt statt, einem kleinen Kaff in der Nähe von Münster, das außer seinem Namen, der von den Einheimischen zu »Ottibotti« verniedlicht wurde, keine weitere Attraktion zu bieten hatte. Genauer gesagt, fand das Treffen in einer Ferienhaussiedlung am Rand von Ottmarsbocholt statt, wo Spitzdachhäuschen gestreßten Stadtbewohnern die Illusion von frischer Luft und Landleben vermittelten.

An der Seite von Mareike betrat ich eines dieser Häuschen, das gerade groß genug war, um einer typisch deutschen Kleinfamilie Unterschlupf zu gewähren. Jetzt drängten sich rund fünfzehn, vorwiegend jüngere Menschen in dem winzigen Wohnzimmer. Lauter unbekannte Gesichter, abgesehen von dem Mönch Martin und Tobias Frank, der in einer Ecke hockte.

Innerhalb von zwei Sekunden verebbten alle Gespräche. Das, was vom Kommando Jan van Leiden übrig geblieben war, starrte mich teils entgeistert, teils feindselig an.

»Was soll das?« wagte sich der erste aus der Deckung. »Wer hat ihn eingeladen?«

Martin hob beide Arme. »Es ist alles in Ordnung, liebe Freunde. Georg Wilsberg hat sich uns angeschlossen.«

Mareike erzählte, wie sie mich von der gerechten Sache der Wiedertäufer überzeugt hätte, und ich versicherte, daß alle auf mich zählen könnten.

Danach war der Bann gebrochen, ich mußte etliche Hände schütteln und einige Schulterklapse hinnehmen. Nur Tobias Frank blieb angewidert in seiner Ecke sitzen.

Martin beeilte sich, den offiziellen Teil des Treffens einzuleiten. Die Stimmung war naturgemäß gedrückt. Die meisten der Anwesenden hatten sich an der Aktion am Ludgeriplatz beteiligt, und diejenigen, die nicht dabeisein konnten, waren inzwischen über den Fehlschlag informiert. Einige meinten trotzig, daß man nun erst recht weitermachen müsse, andere rieten dazu, erst einmal abzuwarten und Gras über die Sache wachsen zu lassen. Ein ganz Vorwitziger schlug sogar vor, die beiden inhaftierten Mitglieder des Kommandos aus dem Gefängnis zu befreien.

Martin hielt sich geschickt aus der Diskussion heraus und zeigte Verständnis für beide Positionen. Schließlich meldete sich Tobias Frank zu Wort.

»Das ist doch alles kalter Kaffee«, platzte er heraus. »Ich hätte nicht gedacht, daß wir so viele Weicheier unter uns haben. Habt ihr geglaubt, frage ich euch, daß ihr keinerlei Risiko eingeht? Zwei von uns sind verhaftet worden, na und? Ich kenne Dirk und André. Auf die beiden ist Verlaß. Und ich weiß, daß sie von uns, von jedem von euch (drohend ließ er seinen Zeigefinger kreisen) erwarten, daß die nächste Aktion umso härter sein wird.«

Zustimmendes Gemurmel machte sich breit, die Weicheier gerieten in die Defensive.

»Gut gebrüllt«, bemerkte ich. »Aber ist es nicht unsere erste Pflicht, an die eigenen Leute zu denken?«

»Was meinst du damit?« fragte eine Frau.

»Es gibt eine Möglichkeit, Dirk und André freizubekommen. Und zwar nicht durch eine idiotische Gefangenenbefreiung. Vielmehr bieten wir dem Bistum einen Waffenstillstand an. Falls es alle Anzeigen gegen die beiden fallenläßt, erklären wir uns im Gegenzug bereit, auf weitere Anschläge zu verzichten. Dann bleibt nur die Ludgeriplatz-Aktion als einziger Anklagepunkt. Aber mit cleveren Anwälten dürfte es für die beiden glimpflich ausgehen.«

»Ich traue Wilsberg nicht«, kreischte Tobias Frank. »In meinen Ohren klingt das so, als wolle er uns an die Kirche verkaufen.« Sein Froschaugenblick blieb an mir hängen. »Wieviele Silberlinge hat dir Weihbischof Becker geboten?«

Mit Paddelbewegungen beruhigte Martin die Gemüter. »Gegenseitige Verdächtigungen bringen uns nicht weiter. Ich halte Georgs Vorschlag für vernünftig. Außerdem können wir das eine tun und müssen das andere nicht lassen. Sollte er keinen Erfolg haben, bereiten wir den nächsten Schlag vor.«

»Du willst ihn also mit dem Weihbischof verhandeln lassen?« giftete Tobias Frank.

Gerne hätte ich dem Widerling ein paar passende Worte an den Kopf geknallt, aber in meiner neuen Rolle mußte ich Zurückhaltung üben. »Ich könnte als neutraler Vermittler auftreten. Das unterscheidet mich von jedem anderen hier im Raum.«

Die Diskussion wogte noch eine Weile hin und her. Ausschlaggebend war am Ende, daß sich Martin und Mareike auf meine Seite stellten. Man gab mir bis zum nächsten Abend Zeit, um eine Einigung zu erzielen. Sollte ich bis dahin nicht signalisiert haben, daß die Kirche zum Einlenken bereit sei, würde das Kommando Jan van Leiden zum nächsten Schlag ausholen.

»Kommst du mit?« fragte ich. Wir standen auf der kurzgemähten Rasenfläche vor dem Ferienhäuschen. Der Vollmond am Himmel gab sich redliche Mühe, die Szene romantisch zu gestalten.

»Ich kann nicht. Ich habe noch was vor.«

Ich nickte. Es war kurz vor Mitternacht, und es gab sicherlich tausenderlei Dinge, die man um diese Zeit erledigen konnte.

Mareike lächelte schüchtern. »Eine Familienangelegenheit.«

»Du bist mir keine Erklärung schuldig«, sagte ich schroffer als beabsichtigt. »Dann bis morgen abend!«

»Bis morgen abend!« Sie berührte flüchtig meine Schulter. »Wir haben noch viel Zeit.«

»Sicher, die haben wir.«

Sie entfernte sich ein paar Schritte.

»Mareike!« Der Frosch in meinem Hals ließ das Wort zu einem Krächzen werden.

»Ja?« Sie drehte sich um.

»Wo finde ich dich, wenn morgen etwas schiefläuft?«

»Ich habe keinen festen Wohnsitz. Frag Martin! Der weiß, wo ich bin.«

Anna hatte ihren freien Tag, und Linn, die ein- oder zweimal in der Woche im *Alcatraz* kellnerte, schenkte mir ein Begrüßungslächeln. Eigentlich mochte ich Linn ganz gern, sie war sozusagen meine zweitliebste Kellnerin, aber im Moment verblaßten alle Frauengestalten im Vergleich mit der einen, unerreichbaren. »Familienangelegenheit«, wiederholte ein Papagei in meinem Hinterkopf, und dazu lachte ein höhnisches Teufelchen. War ich auf dem Wege, mich zum Narren zu machen?

Norbert, das gefüllte Bierglas bereits in der Hand, guckte mich mißtrauisch an. »Was ist los mit dir? Du siehst so fertig aus.«

»Ich glaube, es hat mich erwischt.«

»Inwiefern?«

»Ich habe mich verliebt.«

»Ach.« Er rückte näher. »In wen?«

»Du kennst sie nicht. Sie heißt Mareike.«

»Und wie sieht sie aus?«

»Sie sieht aus wie eine Traumfrau, riecht wie eine Traumfrau, redet wie eine Traumfrau, und genau wie eine Traumfrau taucht sie plötzlich auf und verschwindet genauso plötzlich wieder.«

»Das ist bitter«, kommentierte Norbert mitfühlend. Dann kratzte er sich am kahlen Schädel. »Ich wollte, so etwas würde mir auch wieder mal passieren.«

»Warum denn? Du bist doch verheiratet.« Ich halbierte den Inhalt des Bierglases.

»Na und? Ich spreche ja nur vom Verlieben. Dieses herrliche Gefühl, wenn dein Gehirn ununterbrochen Hormone produziert, die die Welt in Watte packen. Deine Angebetete erscheint in gleißender Schönheit, nichts, rein gar nichts kann dein Wohlbefinden stören.«

»Hör auf mit dem Senf!« knurrte ich. »Du redest ja, als wärst du ein Tattergreis.«

»So fühl ich mich auch. Vorletzte Woche bin ich zweiundvierzig geworden. In dem Alter verliebt man sich nicht mehr so leicht. Ich glaube, je älter man wird, desto schwieriger wird es.«

»Tolle Aussichten.« Ich kippte den Rest Bier hinunter und deutete mit dem Zeigefinger auf das entstandene Vakuum. »Bis zweiundvierzig habe ich noch ein paar Jährchen. Im Moment fühle ich mich wie ein pubertierender Jüngling.«

Als Norbert mit dem zweiten Glas zurückkam, hatte er eine neue Frage auf Lager: »Was macht sie denn beruflich?«

Ich winkte ihn näher ran und flüsterte ihm ins Ohr: »Sie ist Terroristin.«

»Ach du Kacke!« entfuhr es ihm. »Es hat dich ja wirklich schlimm erwischt.«

»Sag ich doch.«

XVI

Monsignore Kratz hatte sofort ein offenes Ohr für mich, und er versprach, sich umgehend bei mir zu melden, sobald er mit Weihbischof Becker gesprochen habe. Ich drückte auf den Exit-Knopf meines schnurlosen Telefons und wunderte mich. Soviel Freundlichkeit von einem Mann, der mich erwiesenermaßen nicht ausstehen konnte, gab mir zu denken.

Bevor der Denkprozeß zu einem konstruktiven Ergebnis gekommen war, rief Kratz zurück. Um elf Uhr könne es der Weihbischof einrichten, mich für etwa eine halbe Stunde zu empfangen. Ob ich die Güte hätte, um diese Zeit in das Bischofspalais zu kommen?

Ich wunderte mich noch mehr, aber sollte ich deswegen den Termin sausen lassen? Schließlich war die Idee zu dem Gespräch meine eigene.

Diesmal war ich pünktlich, und Kratz erwartete mich an der Pforte, um mich zum Arbeitszimmer des Weihbischofs zu bringen.

Becker war in ähnlich aufgeräumter Stimmung wie sein Adlatus. Er reichte mir seine Pranke und führte mich eigenhändig zu dem Besuchersessel.

»Ein wunderschöner Tag, nicht wahr? Man spürt förmlich, wie die Natur aus dem Winterschlaf erwacht.«

»Ja ja, die Frühlingsgefühle«, seufzte ich.

Er lachte leise. »Ich spreche nicht von fleischlichen Gelüsten, sondern von der Bewunderung für Gottes Schöpfung.«

»Beides liegt manchmal dicht beieinander.«

»Nun«, sagte er, als er hinter dem barocken Schreibtisch Platz genommen hatte, »was können wir für Sie tun?« Die kraftvolle Stimme klang so ölig-pastoral wie noch nie.

In der Zwischenzeit hatte Kratz, die Sitzordnung unseres ersten Treffens wiederherstellend, seinen Katzenstuhl zur Seitenfront des Schreibtisches geschleppt.

»Ich habe den Auftrag, Ihnen ein Angebot zu unterbreiten«, begann ich. »Das Kommando Jan van Leiden bietet Ihnen einen Waffenstillstand an.«

»Ach«, entfuhr es dem Weihbischof. Er kraulte sein drahtiges weißes Haar, das dadurch an einer Stelle keck emporragte. »Wie interessant. Was sagen Sie dazu, Kratz?«

Der Monsignore lächelte maliziös. »Ich frage mich, warum wir darauf eingehen sollten.«

»Er fragt sich, warum wir darauf eingehen sollten«, wiederholte Becker, als wäre ich schwerhörig. »Haben Sie eine Antwort, Herr Wilsberg?«

»Konkret sieht der Vorschlag so aus: Es wird keine Anschläge mehr geben. Das Kommando Jan van Leiden verzichtet auf die geforderten 500.000 Mark. Im Gegenzug erklären Sie sich bereit, gegen die beiden inhaftierten Mitglieder des Kommandos und alle weiteren, die vielleicht namentlich bekannt werden, keine Anzeigen wegen Erpressung oder Beschädigung von Kircheneigentum zu stellen.«

»Hoho«, machte Becker. »Ich will ganz offen zu Ihnen sein, Herr Wilsberg: Wir hatten nie vor, 500.000 Mark zu zahlen. Und was die Anschläge angeht, vertrauen wir der Staatsanwaltschaft, daß sie die richtigen Entscheidungen trifft.«

»Wie kommt der Sinneswandel? Nach dem Anschlag auf die Bistumsbank haben Sie ganz anders geredet.«

Der Weihbischof entblößte die Zähne und sah einem

nachmittäglichen Talkmaster ähnlicher denn je. »Die Wege des Herrn sind verschlungen, wenn ich so sagen darf. In einer gewissen Phase waren wir geneigt, mit den sogenannten Wiedertäufern zu einer Einigung zu kommen. Jetzt sind wir es nicht mehr.«

Damit hatte ich gerechnet. Es war an der Zeit, die Daumenschrauben anzuziehen. »Wie gesagt, ich bin nur ein neutraler Vermittler. Aber ich habe mitbekommen, daß es einige Dinge gibt, die, sollten sie publik werden, für die Kirche sehr unangenehm werden könnten.«

»Zum Beispiel?« fragte Becker geradeheraus.

»Zum Beispiel die Tatsache, daß das Originalgemälde von Lucas Drueger dem Jüngeren nie beschädigt wurde. In der Domkammer hing eine Kopie, als der Anschlag stattfand.«

Die beiden Geistlichen guckten sich vielsagend an.

»Woher wissen Sie das?« fragte Kratz.

»Sagen wir, die Arbeitsmethoden eines Privatdetektivs sind oftmals genauso verschlungen wie die Wege des Herrn. Oder, um auf eine weitere Merkwürdigkeit hinzuweisen: Ganz offensichtlich war die Polizei darüber informiert, daß das Kommando Jan van Leiden den Verkehr am Ludgeriplatz lahmlegen wollte. Anders ist nicht zu erklären, daß sie bereits zwei Minuten nach Beginn der Aktion am Tatort war. Und damit komme ich zum Hauptverdacht: Innerhalb des Kommandos gibt es einen Maulwurf, der in Wirklichkeit für Sie arbeitet.«

»Das ist ja ungeheuerlich«, brauste Becker auf.

»Ist es das? Sie sind doch ein Wiedertäufer-Experte, Herr Weihbischof. Sie hätten die Systematik der Anschläge längst durchschauen können.«

Leichte Unsicherheit glomm in seinen Augen. »Welche Systematik?«

»Art und Zeitpunkt der Anschläge richteten sich nach

den Taten der alten Wiedertäufer. Am 22. Januar 1536 wurden die Käfige mit den Leichen der Wiedertäuferführer am Turm der Ludgerikirche aufgehängt. Erinnern Sie sich noch, wann die Käfige gelb angemalt wurden? Es war die Nacht zum 22. Januar.«

»Tatsächlich?« Die Zunge des Weihbischofs leckte an der fleischigen Unterlippe. »Ein interessanter Gedanke.«

»Tun Sie nicht so scheinheilig! Sie haben es die ganze Zeit gewußt.«

Kratz kam seinem Chef zu Hilfe. »Unterstehen Sie sich, in diesem Ton mit seiner Exzellenz zu reden!«

»Lassen Sie ihn, Kratz!« sagte Becker müde. »Die Kirche hat jahrhundertelang alle Verfolgungen überstanden. Ich wäre ein schlechter Kirchenmann, wenn ich die Anwürfe eines Atheisten nicht verkraften könnte.«

»Danke«, bemerkte ich sarkastisch. »Damit haben Sie mir das Stichwort für mein letztes Argument geliefert. Wer profitiert denn unter dem Strich von den Anschlägen? In Zeiten der Kirchenkrise, in denen Ihnen die Gläubigen scharenweise weglaufen und die Kirchensteuer in Frage gestellt wird, kann Ihnen doch nichts Besseres passieren, als das Opfer von kirchenfeindlichen Attentaten zu sein. Plötzlich stehen Sie im warmen Licht der öffentlichen Sympathie. Ist es daher so abwegig anzunehmen, daß die Idee zu den Anschlägen von Ihnen selbst stammt?«

Der Weihbischof schüttelte nur den Kopf, und Kratz schrie: »Haben Sie dafür irgendeinen Beweis?«

Damit hatte er zielsicher den Schwachpunkt meiner Ausführungen getroffen. Doch bevor ich zu einer ausweichenden Antwort ansetzen konnte, klingelte das Telefon. Weihbischof Becker nahm den Hörer ab, hörte ein paar Sekunden lang schweigend zu und legte wieder auf.

»Kratz«, wandte er sich an seine Rechte Hand, »draußen

wartet der nächste Besucher. Würden Sie ihn bitte in Empfang nehmen!«

Kratz verschwand, und Becker lehnte sich lässig im Sessel zurück. Ein mildes Lächeln, das nicht bis zu den stahlgrauen Augen reichte, leitete die nächste Bemerkung ein: »Ganz schön clever. Aber nicht clever genug.«

Das klang so verdammt selbstsicher, daß mir etwas mulmig wurde. Und noch mehr beunruhigte mich, daß er keine Anstalten machte, das Gespräch fortzusetzen, sondern anfing, in einer Akte zu blättern. Die Sekunden verstrichen, mein Magen krampfte sich zusammen. Hatte ich einen Fehler gemacht? Mich zu weit aus dem Fenster gelehnt?

Kratz brachte die Antwort mit, als er zurückkam. Zwei uniformierte Beamte blieben an der Tür stehen, und Hauptkommissar Stürzenbecher baute sich vor mir auf: »Georg Wilsberg, Sie sind vorläufig festgenommen.«

»Aber wieso denn?« fragte ich blöde.

»Sie sind verdächtig, einer kriminellen Vereinigung anzugehören.«

»Das ist doch idiotisch«, protestierte ich.

»Ich habe Beweise«, entgegnete Stürzenbecher knapp.

»Außerdem können wir bezeugen«, fügte Kratz mit Leichenbittermiene hinzu, »daß Sie uns im Namen des Kommandos Jan van Leiden mit weiteren Anschlägen gedroht haben.«

»Das ist ein Mißverständnis«, wiederholte ich zum zehnten Mal. »Eine Verkettung unglücklicher Umstände.«

»Und das hier?« Stürzenbecher tippte auf das Foto, das zwischen uns lag. Es zeigte einen rennenden Mann vor einer Hausfassade. Ich erkannte nicht nur den Mann, sondern auch das Haus. Es stand am Anfang der Hammer Straße, wenige Meter vom Ludgeriplatz entfernt. Bemerkenswert war auch, was sich am linken unteren Bildrand abspielte: Da rissen vier Polizistenhände gerade einen jungen Mann zu Boden.

»Im Profil sehe ich nicht besonders gut aus. Sag dem Polizeifotografen, er soll mich das nächste Mal von vorne aufnehmen!«

Stürzenbecher schnitt eine Grimasse. »Du glaubst gar nicht, wie mir deine Witze auf den Geist gehen. Sie stehen mir bis hier.« Er zeigte mit der flachen Hand auf die Oberkante seiner Unterlippe. »Und jetzt erzählst du mir, was du am Morgen des 5. April am Ludgeriplatz gemacht hast.«

»Warte mal!« Ich tat so, als würde ich überlegen. »Ich wollte mir gerade ein paar Brötchen kaufen. Just in dem Moment, als ich die Bäckerei betrat, hörte ich vom Ludgeriplatz ein Geräusch, als würde ein Formel-1-Fahrer gegen eine Betonwand fahren. Natürlich packte mich sofort die Sensationsgier, und ich bin hingerannt. Wie man auf dem Foto sieht.«

»Scheiße!« Stürzenbecher brüllte so laut, daß die Wände wackelten. In der Tür zum Nebenzimmer erschien ein besorgter Kopf: »Alles in Ordnung, Chef?«

»Ja, ja.« Stürzenbecher verscheuchte den Kopf mit einer Handbewegung. Leiser und drohend sagte er in meine Richtung: »Ich krieg dich am Arsch, Wilsberg. Ich schwöre dir, du kommst erst wieder raus, wenn Helmut Kohl nicht mehr Bundeskanzler ist. Und das kann sehr, sehr lange dauern.«

Er meinte es offensichtlich ernst.

»Ehrlich, ich gehöre nicht zum Kommando Jan van Leiden. Ich erzähle dir jetzt die ganze Geschichte. Du kannst sie mir glauben oder nicht.« Und ich begann bei der Geldübergabe im Elefantenhaus, wobei ich die Rolle des Geldabholers und Porschefahrers einem etwa dreißigjährigen, blonden Mann zuschob. Nach der Episode in dem Angelmodder Haus, so die bereinigte Kurzfassung der tatsächlichen Ereignisse, habe der Kontakt im Wesentlichen aus Briefen und Telefonaten bestanden. Selbstverständlich erwähnte ich weder Mareike noch Martin, Professor Rasch oder Tobias Frank.

Stürzenbecher hatte mir aufmerksam zugehört. Nach einer Weile sagte er: »Ist das alles?«

»Nein. Meiner Meinung nach gibt es in den Reihen der Wiedertäufer einen Maulwurf, der für die Bistumsspitze arbeitet.«

»Wie kommst du darauf?«

Natürlich litt die Glaubwürdigkeit meiner Beweisführung darunter, daß ich alles selbst herausgefunden haben wollte. Stürzenbechers undurchdringlicher Gesichtsausdruck gab keine Auskunft, ob er den Köder gefressen hatte.

»Ich hoffe, dir ist klar, wie sehr du dich in den Schlamassel geritten hast. Da kann selbst ich dir nicht raushelfen.«

»Ich habe mich als Vermittler gefühlt. Mein Ziel war, eine weitere Eskalation der Gewalt zu verhindern.«

»Tut mir leid. Ich muß einen Haftbeschluß für dich beantragen. Alles andere würde meine Pension gefährden.«

Er war aufgestanden und wanderte unruhig zwischen den Schreibtischen auf und ab. »In der Nacht vor dem Anschlag am Ludgeriplatz haben wir einen anonymen Anruf erhalten. Und ich gebe zu, daß sich der Weihbischof sehr merkwürdig verhalten hat. Aber was soll ich machen? Wenn ich dem Kriminalrat erzähle, daß ich meine Ermittlungen auf die Leitung des Bistums Münster ausdehnen möchte, verkriecht er sich vor Schreck unter seinem Schreibtisch.«

»Gib mir drei Tage, und ich liefere dir einen Beweis.«

»Unmöglich.«

»Du kriegst den Hauptverdächtigen auf einem silbernen Tablett.«

»Das würde mich Kopf und Kragen kosten.«

»Verdammt nochmal, Stürzenbecher, es geht nicht nur um dich oder mich. Eine Menge Lebensperspektiven stehen auf der Kippe. Das Kommando Jan van Leiden besteht aus lauter jungen, verblendeten, irregeleiteten Idealisten. Das sind keine hartgesottenen Verbrecher. Wenn es mir gelingt zu beweisen, daß der Weihbischof seine Finger im Spiel hat, wird die Kirche alles tun, um einen Skandal zu vermeiden. Das heißt, es wird keinen Prozeß wegen Erpressung oder Beschädigung von Kircheneigentum geben.«

Als Stürzenbecher mich zur Tür brachte, murmelte er: »Ich weiß nicht, warum ich das tue. Ich muß verrückt sein.«

Ich klopfte ihm auf die Schulter. »Wir spielen alle mit hohem Einsatz.«

»Ach, übrigens«, sagte er mit gepreßter Stimme, »das Foto stammt nicht von einem Polizeifotografen. Wir haben es heute morgen per Post bekommen. Ebenfalls anonym. Hilft dir das weiter?«

Und ob mir das weiterhalf!

XVII

Das Ferienhäuschen in Ottmarsbocholt stand einsam und verlassen auf der großen Rasenfläche zwischen den anderen Ferienhäuschen. Ein Reh trabte aus dem Wald, hob die Nase witternd in den Wind und verschwand wieder im Dickicht. Fehlte nur noch, daß zwei Füchse auftraten und sich Gutenacht sagten.

Ich saß in meinem Auto und fror vor mich hin. Das vereinbarte Treffen fand ganz offensichtlich nicht in Ottmarsbocholt statt. Und irgend jemand hatte vergessen, mir den neuen Tagungsort mitzuteilen.

Ich drückte einen Zigarillostummel im Aschenbecher aus. Die Verlegung ließ sich ziemlich leicht erklären: Die Wiedertäufer mußten von meiner Verhaftung erfahren haben, woher oder von wem auch immer. Jedenfalls hatte ich lange genug gewartet.

Auf dem Parkplatz vor dem Kloster Rosmalen stellte ich den Wagen ab. Die Klostermauern ragten drohend in den wolkenverhangenen Himmel. Kein Lichtschein, keine Gespräche, nicht einmal Gregorianische Choräle drangen durch die Fensteröffnungen des Gemäuers. Das Nachtleben im Kloster hatte den Unterhaltungswert einer Live-Übertragung aus dem Bundestag.

Es dauerte fünf Minuten, bis mein Klingeln an der Pforte eine Reaktion hervorrief. Eine Klappe in Augenhöhe öffnete sich, und in dem Rechteck erschien ein verhärmtes, von einem Bart umrahmtes Gesicht. Das Gesicht fragte nach meinem Begehr, und ich antwortete, daß ich Bruder Martin zu sprechen wünsche.

»Zwischen Komplet und Laudes dürfen die Brüder nicht gestört werden.«

Ich fragte, wann die Laudes stattfinden würden.

»Morgen früh um fünf Uhr zwanzig.«

»So lange kann ich nicht warten. Es geht um eine dringende Familienangelegenheit.« Ich reichte meine Visitenkarte durch die Öffnung. »Geben Sie ihm bitte meine Karte! Dann macht er sicher eine Ausnahme.«

Das Gesicht bedankte sich höflich und schloß die Klappe.

Ich mußte nur ungefähr fünfzehn Minuten warten, bis sich die ganze Tür öffnete. Das Gesicht gehörte zu einem hageren, von den Entbehrungen des Klosterlebens gezeichneten Mönch. Mit stoischer Miene geleitete er mich durch das wie ausgestorben wirkende Kloster. Schließlich schloß er eine schwere Holztür auf, die von dem unzureichend beleuchteten Kreuzgang in eine kahle, weißgekalkte Zelle führte. Unter der Decke brannte eine einzige Glühbirne. Bis auf zwei Stühle und ein Wandkreuz war die Zelle leer.

Ich war verblüfft. »Und wo ist Bruder Martin?«

»Er wird gleich kommen. Warten Sie bitte hier!«

Der Mönch zog die Tür hinter sich zu, und dann hörte ich das Geräusch eines zuschnappenden Schlosses. Man konnte es drehen oder wenden, wie man wollte, aber ich war eingesperrt.

Die Stühle waren fürchterlich unbequem, in einem Benediktinerkloster durfte wohl nicht einmal das Sitzen zum Vergnügen werden. Und Martin kam und kam nicht.

Nachdem ich auf beiden Stühlen probegesessen hatte, stellte ich sie so auf, daß ich meine Beine hochlegen konnte. Ob ich in dieser Stellung bis zu den Laudes ausharren mußte? Ich befühlte den kalten Steinfußboden. Er stellte keine Alternative dar.

Alle, mit denen ich bei diesem verrückten Fall, in den ich unfreiwillig hineingezogen worden war, zu tun hatte, wollten mich einsperren: zuerst die Wiedertäufer, dann die Polizei, und jetzt die Benediktiner. Mit der beängstigenden Tendenz, daß die Gefängnisse von Mal zu Mal unkomfortabler wurden.

Solchen unerfreulichen Gedanken nachhängend, das Gewicht ab und zu verlagernd, um die schmerzende Wirbelsäule zu entlasten, verbrachte ich die nächste Stunde. Da, endlich, hörte ich Schritte auf dem Gang. Sofort war ich auf den Beinen. Mein Retter nahte.

Aber es war nicht Martin, der hereinkam. Die schwarze Soutane gehörte einem alten Bekannten, den ich so schnell nicht wiedersehen wollte. Monsignore Kratz genoß es dafür umso mehr, mich in dieser unwürdigen Situation zu sehen.

»Damit haben Sie wohl nicht gerechnet, wie?« schnarrte seine hohe Fistelstimme.

»Nein, bei Gott nicht.«

»Lassen Sie Gott aus dem Spiel! Das klingt aus Ihrem Mund wie Lästerung.«

Mit einer Handbewegung bedeutete er mir, mich wieder hinzusetzen.

»Nein, danke, ich stehe lieber.«

»Oh, war es unbequem für Sie?«

»Die Gefängnisse in Indien sollen vergleichsweise gemütlich sein.«

»Die strengen Klosterregeln, Herr Wilsberg, das müssen Sie verstehen. Ein Besucher kann hier nicht einfach herumlaufen.«

»Beim nächsten Mal werde ich daran denken. Und jetzt möchte ich nach Hause.«

Ich wollte an ihm vorbei, aber er versperrte mir den Weg. »Sie haben nach Bruder Martin gefragt?«

»Was geht Sie das an?«

»Es gibt da ein Problem: Bruder Martin weilt nicht mehr in diesem Kloster.«

»So? Warum nicht?«

»Er hat den Prior gebeten, zur Erzabtei reisen zu dürfen. Der dortige Abt ist der frühere Beichtvater von Bruder Martin.«

»Und Sie kommen extra aus Münster angefahren, um mir das zu erzählen?«

Der Monsignore faltete die Hände vor dem Bauch. »Ich wollte Sie warnen. Mischen Sie sich nicht in die Angelegenheiten der Kirche. Was immer Bruder Martin getan haben mag, es geht nur ihn, seinen Abt und Gott etwas an.«

»Ach, auf einmal«, höhnte ich. »Könnte es nicht sein, daß Sie zusammen mit Martin die Geschichte ausgekocht haben. Und jetzt, wo es brenzlig wird, ziehen Sie ihn aus dem Verkehr.« Ich griff zur Türklinke. »Auf Wiedersehen!«

»Der Prior hat uns auf einige Merkwürdigkeiten im Verhalten des Bruder Martin aufmerksam gemacht«, sagte Kratz hastig. »Noch bevor wir ihn dazu befragen konnten, ist er, anders kann man es wohl nicht nennen, geflüchtet.«

»Martin war Ihr Mann«, entgegnete ich wütend. »Sie wußten von Anfang an Bescheid.«

Kratz schüttelte den Kopf. »Sie sind verblendet, Herr Wilsberg. Die Kirche würde so etwas nie tun.« Er trat zur Seite. »Und jetzt gehen Sie und sagen Sie Ihren Freunden, daß sie mit dem Unfug aufhören sollen!«

»Und was ist mit Martin? Wird er sich der Polizei stellen?«

»Das ist eine Sache, die er mit seinem Abt besprechen muß. Darauf haben wir keinen Einfluß.«

Ich beugte mich vor, so daß ich seinen Schweiß riechen konnte. »Noch einmal: Verzichten Sie auf Strafanzeigen?«

Kratz hüstelte. »Wir denken darüber nach.«

Vor der Tür wartete der schweigsame Bruder Pförtner, der mich mit einer Kopfbewegung aufforderte, ihm zu folgen.

In dieser Nacht kam Mareike nicht. Unruhig und von Zweifeln geplagt ging ich ins Bett. War Martin der Verräter, oder war er es nicht? War er abgeschoben worden oder geflüchtet? Hatten der Weihbischof und Kratz tatsächlich nichts gewußt? Aber wie ließ sich dann erklären, daß in der Domkammer eine Kopie des Waldeck-Bildes gehangen hatte, als die Wiedertäufer zuschlugen? Und was war mit Tobias Frank? Daß *er* der Polizei mein Foto geschickt hatte, stand für mich außer Frage. Nur ein persönlicher Racheakt? Letzteres zumindest würde sich, mit ein wenig Glück, herausfinden lassen.

Dazu besann ich mich am nächsten Morgen auf die urdetektivische Tugend des Schnüffelns. Im Keller fand ich noch einen blauen Arbeitsanzug, außerdem nahm ich meinen Werkzeugkasten mit nach oben. Dann rief ich unter falschem Namen in der Redaktion an und ließ mich mit Tobias Frank verbinden. Als er sich meldete, legte ich auf.

Frank wohnte in einem Haus mit vielen Mietparteien. Ich drückte auf die beiden obersten Klingeln, und prompt brummte der Türöffner. Geräuschlos drückte ich die Tür zu und schlich die Kellertreppe hinab. Unter der Treppe wartete ich fünf Minuten. Im Haus war es vollkommen ruhig.

Franks Wohnung befand sich in der zweiten Etage. Eine einfache Holztür ohne große Finessen. Ich stellte den

Werkzeugkasten ab und nahm ein Stemmeisen heraus. Ein Ruck, und die Tür sprang auf. Dann begann ich in aller Ruhe, das Schloß abzumontieren. Von oben näherten sich schlurfende Schritte. Jetzt kam es darauf an.

Die alte Dame blieb neben mir stehen. »Was machen Sie denn da?«

»Notdienst. Der Mann hat seinen Schlüssel verloren.«

»Herr Frank? Und da muß man gleich das ganze Schloß ausbauen?«

»Anscheinend hat er den Ersatzschlüssel bei jemandem liegenlassen, der verreist ist.« Ich wischte mir den Schweiß von der Stirn. »Kommt häufig vor.«

»Das ist aber dumm von Herrn Frank«, bemerkte die alte Dame.

»Anderenfalls wären wir ja arbeitslos«, lachte ich. »Hier, wenn Sie mal ein ähnliches Problem haben.« Ich reichte ihr eine Karte, die ich bei einem Schlosser mitgenommen hatte.

Sie las den Text laut vor: *»Stehst du vor der Tür und kommst nicht rein, ruf einfach an bei Schlosser Wellenstein!* Das ist aber ein netter Spruch.«

»Nicht wahr?« Ich tippte an die Mütze. »Und jetzt muß ich wieder an die Arbeit.«

Das ausgebaute Schloß drapierte ich neben dem Werkzeugkasten auf der Fußmatte. Auch die Tür blieb einen Spaltbreit geöffnet. Es sollte so aussehen, als wäre der Handwerker mal kurz auf dem Klo oder auf der Suche nach einer passenden Schraube.

Nach einer oberflächlichen Inspektion der kleinen Zwei-Zimmer-Wohnung (viel schwarzer Achtziger-Jahre-Stil mit dicken Staubschichten), bei der ich keine herumliegenden Notizen entdeckt hatte, interessierte ich mich eingehender für das Archiv des Reporters. Es nahm fast eine gesamte Wand des Wohnzimmers ein, vier dicke Aktenschränke, prall gefüllt mit Hängeregistern. Zum Glück waren die Stichworte, nach denen Frank das Material sortiert hatte, an den Vorderfronten der Schränke notiert. So fand ich ziemlich rasch die Mappe »Jan van Leiden« und darin das mich kompromittierende Foto. Zusammengefaltet steckte ich es in die Hosentasche.

Ansonsten brachte die Mappe keine neue Erkenntnis. Vor allem enthielt sie keinerlei schriftliche Aufzeichnungen. Falls Frank etwas aufschrieb, dann verwahrte er es an anderer Stelle. Ich wollte schon die Schublade zurückschieben, als mein Blick auf das nächste Stichwort fiel: »Kirche«.

Zu meiner Überraschung waren viele Fotos vergilbt und von schlechter Qualität. Die meisten zeigten einen männlichen Jugendlichen, der linkisch in die Kamera grinste. Er trug ein Meßdienergewand, stand neben einem Pfarrer oder saß, zusammen mit anderen Jugendlichen, im Pfadfinderkostüm an einem Lagerfeuer. Die Brille, die schwere Akne und die abstehenden Ohren ließen keinen Zweifel zu: Tobias Frank war in seiner Jugend ein engagierter Katholik gewesen.

Rasch blätterte ich die Bilder durch. Frank wurde älter, besuchte Katholikentage, führte selbst eine Gruppe von Knaben ins Feldlager. Plötzlich stockte mein Atem. Das Mädchen, das mit Frank Arm in Arm unter einem Transparent mit der Aufschrift »An Gott kommt keiner vorbei« stand, hatte eine verdammte Ähnlichkeit mit Mareike.

Wie benommen setzte ich mich auf einen Sessel. Die Vertrautheit der beiden versetzte mir einen Stich ins Herz. Daß sie sich so lange kannten, empfand ich als Verrat. Ob sie sich geliebt hatten? Der Gedanke verursachte Magenkrämpfe. Und konnte es sein, daß sie noch heute ...?

Um mich abzulenken, drückte ich auf die Taste des Anrufbeantworters, der durch sein grünes Blinken zu erkennen gab, daß er abgehört werden wollte. Und dann hörte ich auch noch ihre Stimme. Zunächst verstand ich gar nichts, beim zweiten Durchlauf notierte ich den Text: »Heute abend um acht, auf halbem Weg, den der Apostel Klopriß nahm, in der ersten Gaststätte am Platz.« Wieder so ein Wiedertäufer-Rätsel.

Bevor ich länger darüber nachdenken konnte, hörte ich Stimmen im Treppenhaus. Ein Blick aus dem Fenster bestätigte meine schlimmsten Befürchtungen. Vor dem Haus parkte ein Polizeiwagen. Ich saß in der Falle.

Das Schlafzimmer hatte einen kleinen Balkon, der zum Hof hinausging. Ich beugte mich über die Brüstung und schauderte. Sechs oder sieben Meter unter mir lag der asphaltierte Innenhof.

Ein Klopfen an der Wohnungstür. »Polizei. Ist da jemand?«

Rittlings saß ich auf der Balkonmauer und hielt mich am Regenrohr fest. Die Angst machte mich fast bewußtlos. Jetzt nur nicht nach unten gucken!

Ein Schwung, und die Beine umklammerten das Rohr. Langsam rutschte ich nach unten. So weit konnte doch der Balkon der ersten Etage nicht entfernt sein! Endlich spürte ich etwas Festes unter den Füßen. Meine Knie waren so weich, daß ich auf dem Hintern landete. Immerhin, die Hälfte war geschafft.

Der Rest ging einfacher. Als ich auf dem Boden ankam, atmete ich tief durch. Oben trat jemand auf den Balkon. »Hier ist er auch nicht«, informierte der Polizist seinen Kollegen.

Der Innenhof war von Garagen und hohen Mauern umstellt. Es gab nur einen Zu- und Ausgang, nämlich eine Art Tunnel, der durch das Haus zur Straße führte. Schnell zog ich den Arbeitsanzug aus und warf ihn in eine Mülltonne. Darunter trug ich noch eine andere Hose und ein dickes Sweatshirt. Eine Vorsichtsmaßnahme, für die ich mich im Nachhinein lobte.

An abgestellten Fahrrädern vorbei schlich ich zur vorderen Hausfront. Das Blaulicht auf dem Polizeiwagen rotierte, und im Inneren quäkte eine Funkstimme. Aber die Polizeikräfte massierten sich in der Wohnung von Tobias Frank, und statt des befürchteten Menschenauflaufs standen nur zwei Kinder auf dem Bürgersteig, die mit offenen Mündern nach oben guckten. Ich ging an ihnen vorbei, guckte ebenfalls nach oben und beschleunigte meinen Schritt.

XVIII

Zu Hause fand ich einen Brief meines Vermieters, der mich davon in Kenntnis setzte, daß er jetzt endgültig die Räumungsklage eingereicht habe. »Trotz Ihrer neuerlich abgegebenen Versicherung, pünktlich zahlen zu wollen, sind Sie schon wieder zwei Monatsmieten schuldig geblieben«, teilte mir Herr Johanimlei in verwegenem Deutsch mit.

Wutentbrannt rief ich Herrn Bosse von meiner Hausbank an. Was das denn solle, die Miete nicht zu überweisen, schließlich hätte ich zwanzigtausend Mark eingezahlt. Jedem Baulöwen würden die Milliarden nachgeschmissen, aber uns kleinen, hart arbeitenden Selbständigen und so weiter und so weiter.

Ich durfte mithören, wie er auf seinem Computer herumhackte.

»Tut mir leid«, verkündete er in einem Tonfall, der allenfalls Spurenelemente von Mitgefühl enthielt, »der letzte Scheck ist nicht eingelöst worden.«

»Wieso nicht?« heulte ich auf.

»Die Bistumsbank hat den Scheck nicht akzeptiert, weil ihn der Aussteller storniert hat. Natürlich mußten wir Ihr Konto rückbelasten. Unter diesen Umständen, das müssen Sie verstehen, Herr Wilsberg, sind Überweisungen von Ihrem Konto außerhalb jeglicher Diskussion.«

Ich taumelte zur Couch. Plötzlich verstand ich, wieso es Leute gab, die die Kirche haßten. Monsignore Kratz hatte den Scheck sperren lassen. Ich überlegte, wo ich meine Gaspistole zuletzt gesehen hatte. Dann verwarf ich den ersten Impuls, ins Generalvikariat zu stürmen und Kratz mit gezogener Pistole über den Domplatz zu treiben. Im Moment gab es Wichtigeres zu tun. Mit meinem Vermieter würde ich mich schon irgendwie einigen.

Frau Rasch mußte gespürt haben, daß mit mir nicht gut Kirschen essen war, denn sie begnügte sich mit einem einfachen »Sie schon wieder!« und brachte mich widerstandslos bis an die Schwelle des professoralen Arbeitszimmers.

»Ah«, rief Professor Rasch aus den Tiefen der Büchergruft, »der Herr Wilsberg.« Freudig kam er mir entgegen.

»Ich habe nicht viel Zeit«, baute ich einer längeren Unterhaltung vor. »Es geht um Leben oder Tod.«

»Wie aufregend.« Er guckte sich um. »Sie möchten sicher rauchen.«

Ich mußte warten, bis er seine Pfeife gestopft hatte. Dann erst war er bereit, einen Blick auf meinen Zettel zu werfen. »Auf halbem Weg, den der Apostel Klopriß nahm«, las er laut. »Klopriß, ja ja. Der trat, wenn ich mich nicht täusche, in der Endphase des Täuferreiches auf. Das haben wir gleich.«

Die folgende Prozedur kannte ich schon. Professor Rasch zog mehrere Bücher aus verschiedenen Stapeln und blätterte darin herum. Dazu stieß er dicke Rauchwolken aus.

»Wie ich vermutet habe«, nuschelte er um die Pfeife herum. »Klopriß gehörte zu den siebenundzwanzig Aposteln, die im Oktober 1534 in die umliegenden Städte entsandt wurden. Sie sollten die dortige Bevölkerung missionieren und dafür sorgen, daß das belagerte Münster durch ein Heer von außen entlastet wird. Hat natürlich nicht geklappt.« Er nahm die Pfeife aus dem Mund. »Klopriß war noch der Erfolgreichste. Für ein paar Tage herrschten in Warendorf die Wiedertäufer.«

»Das heißt, er ist nach Warendorf gegangen?« fragte ich, um mich zu vergewissern.

»Sicher. Kerssenbrock beschreibt ihn sehr nett. Hören Sie: ›Johann Klopriß betrat am 14. Oktober mit mißgestaltetem Gesicht und Bart in Begleitung seiner vier Genossen Warendorf. Zuerst fingen sie nach ihrer Weise mitten auf dem Markt, dann in den Straßen den Bußruf an. Darauf gingen sie ...‹[12]«

»Danke, danke«, rief ich. »Das genügt. Warendorf also. Was liegt denn auf halbem Weg nach Warendorf?«

Mißmutig nuckelte der Professor an seiner Pfeife. »Telgte, würde ich sagen.« Vermutlich ging ihm das alles viel zu schnell.

Ich stand auf. »Haben Sie vielen Dank!«

»Setzen Sie sich!« zischte Rasch. »Sobald Sie weg sind, muß ich die Pfeife ausmachen. Also bleiben Sie gefälligst noch zehn Minuten! Und erzählen Sie mal, was um acht Uhr auf dem Marktplatz in Telgte passiert!«

Nichts. Jedenfalls nichts Aufregendes. Der Marktplatz war nicht gerade ausgestorben, nein, einzelne Telgter und Telgterinnen, manchmal sogar ganze Telgter Familien betraten den kleinen kopfsteingepflasterten Platz und überquerten ihn zielstrebig, vorbei an der Skulptur des Stadtausrufers, die genauso niedlich war wie das Städtchen ringsum.

Ich hatte mich in den Eingang der Stadtbücherei verkrochen, um dem kalten Wind zu entgehen, der über den Platz pfiff. Die »erste Gaststätte am Platz« war nicht schwer zu identifizieren, denn es war auch die einzige. Sie lag direkt gegenüber, so daß ich, ohne selbst gesehen zu werden, beobachten konnte, wer zu dem Treffen des

12 Hermann von Kerssenbrock: Narratio historica.

Kommandos Jan van Leiden kam. Außerdem überblickte ich drei der vier Zufahrtsstraßen, die zu dem zentral gelegenen Marktplatz führten.

Um Viertel vor acht kam der erste, den ich aus dem Ferienhäuschen in Ottmarsbocholt kannte. Nach und nach stellten sich weitere Wiedertäufer ein. Natürlich hätte ich einfach hinübergehen und an der Versammlung teilnehmen können. Aber dann hätte man von mir Erklärungen verlangt, die ich entweder nicht geben konnte oder nicht geben wollte. Denn wenn Tobias Frank nicht vollkommen blöd war, hatte er inzwischen zwei und zwei zusammengezählt und messerscharf geschlossen, daß ich der Einbrecher sein mußte.

Der Reporter erreichte als einer der letzten den Marktplatz. Er parkte seinen japanischen Billigimport im absoluten Halteverbot und eilte mit schnellen kurzen Schritten zur Kneipe.

Langsam wurde ich nervös. Es war schon nach acht, und Mareike hatte sich noch immer nicht blicken lassen. Was sollte ich machen, wenn sie nicht kam?

Als ich schon drauf und dran war, Stürzenbecher anzurufen, um ihm das Kommando Jan van Leiden zum Fraß vorzuwerfen und damit meine Haut zu retten, sah ich eine Gestalt im schwarzen Mantel und mit rötlich schimmernden Haaren. In weniger als zehn Sekunden wechselte ich meinen Standort und lauerte hinter der Glasfront eines Blumengeschäftes.

»Hah!« schrie sie auf, als ich ihren Arm packte.

Ich legte den Zeigefinger vor den Mund.

»Mußt du mich so erschrecken?«

»Tut mir leid. Es ging nicht anders.«

Mit sanftem Druck schob ich sie in eine Nebenstraße, bis wir außer Sichtweite des Marktplatzes waren.

»Warum gehen wir nicht zu den anderen? Du bist doch jetzt einer von uns.«

Ich schüttelte den Kopf. »Unmöglich.«

»Dann weißt du, wer der Verräter ist?«

»Vielleicht. Martin ist verschwunden.«

»Martin?«

»Angeblich ist er zur Erzabtei seines Ordens gefahren.«

»Nein«, jammerte sie. »Nicht Martin. Bitte nicht!«

»Wir müssen reden«, sagte ich. »Nachher. Ich warte hier auf dich.«

Mareike guckte mich hilfesuchend an. »Aber was machen wir denn jetzt?«

»Tu so, als wüßtest du von nichts.«

Sie wirkte unschlüssig. »Morgen soll die nächste Aktion laufen.«

»Versuch, sie zu verschieben! Wir dürfen jetzt nichts übers Knie brechen. Jeder Schritt will genau überlegt sein.«

Kurze Zeit später bedauerte ich, ihr keinen wärmeren und trockneren Treffpunkt vorgeschlagen zu haben. Ein leichter Nieselregen hatte eingesetzt, einer von der Sorte, die harmlos beginnt, sich dann stetig durch alle wasserempfindlichen Kleidungsstücke vorarbeitet, bis man schließlich das Gefühl hat, in einem undichten Taucheranzug zu stehen.

Ab und zu schloß ich die Augen und stellte mir vor, an einem brüllendheißen Julitag irgendwo in Italien am Strand zu liegen. Es klappte für jeweils zehn Sekunden. Die Kältezeiten dazwischen nutzte ich, um über alles Mögliche nachzudenken. Zum Beispiel darüber, welche Aktion die Wiedertäufer wohl für den nächsten Tag, den 9. April, geplant hatten. Das Datum sagte mir durchaus etwas. Am 9. April 1534 hatte Knipperdolling befohlen, alle Kirchturmspitzen zu schleifen, weil das Hohe erniedrigt werden müsse. Es brauchte nicht allzuviel Fantasie, die Vorgabe mit einem Koffer Sprengstoff in Verbindung zu bringen.

Die Versammlung der Wiedertäufer dauerte gnädigerweise nur eine knappe Stunde. Trotzdem fühlte ich mich feucht und unleidlich, und Mareikes Laune war nicht gerade dazu angetan, mich spontan zu erwärmen.

»Wohin gehen wir?« fragte sie mürrisch.

»Zu mir«, schlug ich vor. »Ich muß mir etwas Trockenes anziehen.«

Sie nickte.

Während der Autofahrt redeten wir hauptsächlich über das Wetter. Zwei Blocks vor meiner Wohnung ließ ich sie aussteigen, damit sie Stürzenbechers eventuell vor meiner Vordertür postierten Häschern nicht in die Arme lief.

Als sie an die Gartentür klopfte, war ich bereits umgezogen.

»Was hältst du davon, noch einmal von vorne anzufangen?« schlug ich vor.

»Womit?« knurrte sie zurück.

»Mit dem Gespräch. Du hast eine Stinklaune.«

Sie funkelte mich an. »Bei Tobias ist eingebrochen worden.«

»Ich weiß.«

»Dann hat er also recht: Du warst es.«

»Ja.« Ich nahm den Schnappschuß vom Tisch, der mich in rasanter Vorwärtsbewegung zeigte. »Und ich habe etwas gefunden. Das gleiche Bild ist der Polizei anonym zugeschickt worden. Es hätte beinahe zu meiner Verhaftung geführt.«

Stirnrunzelnd betrachtete sie das Foto. »Was soll das?«

»Die Aufnahme wurde am 5. April gemacht, frühmorgens am Ludgeriplatz. Dämmert dir etwas? Der gute Tobias Frank wollte mich reinlegen. Wäre Hauptkommissar Stürzenbecher nicht ein alter Kumpel von mir, säße ich jetzt hinter Gittern.«

»Dieser Idiot!« Sie knallte das Foto auf den Tisch. »Wie kann er sowas machen?«

»Das frage ich mich auch. Und deshalb bin ich nicht so sicher, ob Martin wirklich der Verräter ist.«

Sie lachte. »Tobias? Nein. Er haßt dich. Das ist etwas Persönliches.«

Mit zwei Schritten war sie bei mir und legte ihren Kopf gegen meinen Hals. Ich roch die Feuchtigkeit des Regens, einen Rest Pfirsich-Shampoo und einen süßlich-scharfen Hauch Mareike.

»Tatsächlich?«

Sie hob den Kopf und knabberte an meinem Hals. »Ganz sicher.«

Ihre Hand schob mich auf das Sofa, und wir fielen nahezu gleichzeitig. Langsam arbeitete sich ihr Mund nach oben, bis er meinen gefunden hatte. Ich öffnete die Lippen, und ihre Zunge vollführte einen wilden Tanz. Nebenbei schaffte sie es, mein Hemd aufzuknöpfen.

»Was hast du vor?«

»Das, was wir schon immer vorhatten.« Sie warf ihre Haare zurück. »Worauf willst du warten?«

»Hier?«

»Hier. Auf dem Sofa. Auf dem Teppich. Wen stört das schon?«

»Darf ich wenigstens die Vorhänge zuziehen?«

Sie kicherte. »Mein Gott, bist du spießig.«

Als ich zurückkam, hatte sie nur noch einen schwarzen Slip an. Ihre Haut war weiß, ein alabasterfarbenes, glänzendes Weiß. So, wie die italienischen Renaissancemaler gerne die Frauen malten. Ich streckte eine Hand aus und berührte die kleine, apfelförmige Brust. Und schon war ihre Zunge wieder da und umkreiste meinen Mund, bevor sie in ihn eindrang.

Ihre Haut fühlte sich warm und glatt an. Meine Hand streifte ihre Hüfte, ihren Oberschenkel und blieb auf dem Slip liegen.

»Zieh dich endlich aus!« flüsterte sie.

Was ich widerspruchslos befolgte.

Eine halbe Ewigkeit oder zehn Minuten später lagen wir, die feuchtwarmen Körper dicht aneinandergepreßt, entspannt auf der Couch. Ihr Kopf ruhte auf meinem Oberarm, und ich gab mich ganz der postkoitalen Erschöpfung hin.

Irgendwann tauchte die Wirklichkeit und mit ihr ein Satz in meinem Gehirn auf, den ich, als wollte ich seine Wirkung ausprobieren, vorsichtig aussprach: »An Gott kommt keiner vorbei.«

»Was?« murmelte Mareike in meine Achselhaare.

»Ich kann mich noch an die Litfaßsäulen erinnern, auf denen dieser Satz plakatiert war. Weißt du, was wir damals auf die Plakate gekritzelt haben? Außer Libuda. *An Gott kommt keiner vorbei. Außer Libuda.*«

Mareike hob ihren Kopf mehrere Zentimeter. »Wer ist Libuda?«

»Ein Schalker Stürmer. Dribbelkönig, Flankengott. Libuda spielte die Verteidiger auf einem Bierdeckel schwindelig. Keiner konnte das so gut wie er. Na ja, vielleicht noch Ente Lippens.«

Sie guckte mich verwundert an. »Wie kommst du jetzt darauf?«

»Ich habe heute morgen ein Foto gesehen. Zwei Menschen unter einem Transparent mit der Aufschrift ›An Gott kommt keiner vorbei‹.«

Ihre schmalen Augenbrauen bildeten ein fragendes Dreieck.

»Ein Junge und ein Mädchen«, fuhr ich fort. »Der Junge sah aus wie Tobias Frank, das Mädchen sah aus wie du.«

Mareike setzte sich auf. »Wo hast du das Foto gesehen?«

»In der Wohnung von Tobias Frank.«

Sie griff nach ihrem Top und zog es über den Kopf.

»Ich wußte gar nicht, daß du Tobias Frank so lange kennst.«

»Du weißt so vieles nicht«, sagte sie gepreßt. Dann fischte sie nach ihrer Jeans.

Ich wartete schweigend, bis sie sich fertig angezogen hatte.

Im Mantel, die Mundwinkel mitleidig herabgezogen, blickte sie auf mich runter. »Tobias Frank ist mein Bruder. Jetzt weißt du es.« Sie drehte sich um und ging zur Tür.

»Mareike!« rief ich ihr nach.

»Ja?«

»Was habt ihr morgen vor?«

»Ich glaube nicht, daß dich das etwas angeht.«

»Doch.« Ich setzte mich auf. Plötzlich fühlte ich mich unangenehm nackt und drapierte ein Sweatshirt über meinem Unterleib. »Ich möchte nicht, daß du geschnappt wirst.«

Widerwillig drehte sie sich um. »Warum sollte ich? Martin weiß nicht, welcher Kirchturm ...« Sie stockte.

»... in die Luft fliegt«, ergänzte ich. »Das habe ich mir fast gedacht. Und wenn Martin nicht der Verräter ist?«

»Wer sonst?«

»Dein lieber Bruder vielleicht.«

Sie lachte freudlos. »Ich kenne Tobias besser als du.«

»Manchmal leben sich Geschwister auseinander. Meine Schwester, zum Beispiel ...«

»Und wenn schon!« Sie war zwei Schritte zurückgekommen und stemmte ihre Hände in die Hüften. »Mir ist es inzwischen egal.«

»Jetzt. Aber später wirst du es bereuen.«

»Du bist so beschissen überheblich.«

»Mareike«, sagte ich tonlos, »stopp den Unsinn! Es ist vorbei. Ihr habt verloren.«

»Nein!« schrie sie.

»Ich bitte dich: Fahr weit weg! Versteck dich! Warte ab, bis alles vorüber ist!«

»Das werde ich nicht tun«, sagte sie langsam und drohend. »Die Kirche soll nicht noch einmal davonkommen. Du hast das Foto gesehen. Mein Bruder und ich, wir waren gläubige Katholiken. Wir sind in die Messe gegangen, haben unsere kleinen Sünden gebeichtet. Ich habe lange gebraucht, um herauszufinden, was mit meiner Mutter schiefgelaufen war, warum sie sich uns gegenüber so merkwürdig benahm, warum meine Kindheit so beschissen war. Jetzt aufzugeben hieße, denen den Sieg kampflos zu überlassen.«

Die Tür stand sperrangelweit auf, und ein kalter Luftzug fegte ins Wohnzimmer. Bibbernd stand ich auf, um die Tür zu schließen. Ich wußte nur, daß ich nichts wußte. Schlimmer noch, ich wußte nicht einmal, was ich wollte.

XIX

Nachdem ich mich wieder angezogen hatte, holte ich meine Wiedertäufer-Bücher heraus und begann zu lesen. Das Kappen der Kirchturmhauben am 9. April 1534 klappte in den meisten Fällen ziemlich komplikationslos. Zimmerleute sägten die Holzkonstruktionen ab, die dann mit großem Krach auf die umliegenden Häuser oder die staubigen Straßen stürzten. Nur mit dem Turm der Martinikirche hatten die Wiedertäufer ein Problem. Er neigte sich nach Osten, fiel aber nicht. Ein gewisser Trutelinck kletterte nach mehreren Tagen vergeblichen Mühens auf den schiefen Turm, um ein Seil an der Spitze zu befestigen. Der Turm fiel dann doch – als Trutelinck auf halber Höhe war.[13]

Ich dachte lange über die Geschichte nach und kam dann zu dem Schluß, daß alle Kirchtürme Münsters für einen Anschlag der neuen Wiedertäufer anfällig waren, mit Ausnahme des Turms der Martinikirche.

Mit diesem zugegebenermaßen unbefriedigenden Ergebnis ging ich ins Bett.

Am nächsten Morgen saß ich auf einem klapprigen Plastikstuhl, als Hauptkommissar Stürzenbecher mit watschelnden Schritten den Gang entlangkam.

»Komm rein!« sagte er und schloß die Tür zu seinem Büro auf. »Um halb neun habe ich eine Besprechung. Also faß dich kurz!«

13 Vgl. Barret/Gurgand, a.a.O., oder auch: Horst Karasek: Die Kommune der Wiedertäufer, Verlag Klaus Wagenbach, Berlin 1977.

»Wie du willst: Mit großer Wahrscheinlichkeit wird heute ein Kirchturm in die Luft fliegen.«

»Das hat mir gerade noch gefehlt.« Stürzenbecher ließ sich auf seinen Stuhl fallen. »Welcher ist es denn?«

»Keine Ahnung. Das heißt, die evangelischen und den Martinikirchturm können wir vernachlässigen.«

»Herrlich. Dann bleiben ja nur rund vierzig Türme übrig.« Stürzenbecher guckte auf seine Uhr. »Und jetzt möchte ich die Fünf-Minuten-Version hören.«

Nach der Frühbesprechung hatte sich Stürzenbechers Laune nicht gebessert. »Ich habe zwei Mann pro Kirche angefordert. Das macht summa summarum eine Hundertschaft. Weißt du, was das bedeutet?«

Ich wußte es nicht.

»Wenn wir heute keinen Wiedertäufer zu fassen kriegen, stehe ich als Depp da. Ein Erfolg muß her, koste es, was es wolle.«

»Mir persönlich wäre es lieber, der Anschlag würde nicht stattfinden.«

Er guckte mich lange an. »Dieser Wiedertäufer-Mist muß aufhören. Ich habe noch was anderes zu tun. Drei ungeklärte Todesfälle liegen hier auf dem Schreibtisch. Mein Sohn fällt durchs Abitur, und meine Frau überlegt, ob sie sich scheiden lassen soll. Seit Tagen ernähre ich mich von Haferschleim, weil mir mein Magengeschwür zu schaffen macht. Du hast versprochen, mir mindestens einen Täter samt Beweisen vor den Schreibtisch zu kippen. Und womit kommst du an? Mit der vagen Prophezeiung, daß ein Kirchturm in die Luft fliegen wird. Keine Ahnung, warum ich soviel Geduld mit dir habe.«

»Tut mir leid«, sagte ich. »Ich wußte nicht, daß es so schlecht um dich steht.«

Er lächelte gequält. »Mir geht's blendend. Spätestens

morgen werde ich einen Verdächtigen festnehmen. Nämlich dich.«

Lustlos zog er eine Akte von dem auf der rechten Seite des Schreibtisches liegenden Stapel. Während er darin herumblätterte, bewegten sich seine Lippen. Offensichtlich war die Audienz beendet.

»Hier zum Beispiel«, sagte er plötzlich laut, »ein Priester, der unbedrängt auf trockener Fahrbahn gegen eine Autobahnbrücke fährt. Was soll ich denn davon halten? Seit wann begehen Priester, zumal katholische, Selbstmord? Das ist doch eine gottverdammte Todsünde.«

Ich blieb stehen. »Wie hieß der Priester?«

»Stefan Rogall. Eigentlich war er Mönch. Im Kloster nannte man ihn Bruder Martin.«

»Kloster Rosmalen.« Ich biß mir auf die Unterlippe.

Stürzenbechers Augen wurden zu Schlitzen. »Du kennst, ich meine, du kanntest ihn?«

Ich nickte.

»Er war einer von ihnen, stimmt's?«

Was sollte ich sagen? Daß ich ein Schnupper-Wochenende im Kloster mitgemacht hatte?

Nachdem ich meine Beichte beendet hatte, die darauf hinauslief, daß Bruder Martin der einzige aus dem Kommando Jan van Leiden gewesen war, den ich persönlich kannte, mußte ich Stürzenbechers skeptischen Blick aushalten.

»Du könntest mir die Namen der ganzen Bagage aufzählen. Wen willst du schützen? Und warum?«

Eine gute Frage.

Ich suchte den Boden nach einer Antwort ab und fand keine. Stattdessen zog ich die zusammengefaltete Fotografie aus der Tasche und warf sie Stürzenbecher hin. Der Hauptkommissar pfiff durch die Zähne.

»Woher hast du das Foto?«

»Von Tobias Frank, dem Reporter.«

Stürzenbecher lehnte sich zurück. »Ist zwar nicht mein Ressort, aber ich habe zufällig mitbekommen, daß bei dem Burschen eingebrochen worden ist. Die Geschichte kursierte in der Kantine. ›Stehst du vor der Tür und kommst nicht rein, ruf einfach an bei Schlosser Wellenstein!‹ Netter Trick.«

»Warum hat er nicht funktioniert?«

»Man glaubt gar nicht, wie mißtrauisch alte Damen sein können. In deinem Fall hat sie bei Schlosser Wellenstein angerufen.«

»Reality-TV verdirbt halt den Charakter.«

»Darf ich das als Geständnis werten?«

»Als sachdienlichen Hinweis. Frank gehört zum Kommando Jan van Leiden. Nach Bruder Martin ist er mein zweiter Maulwurf-Kandidat.«

»Beweise?«

»Niente. Aber eine Hausdurchsuchung könnte nicht schaden.«

»Fein.« Stürzenbecher rieb sich die Hände. »Du fängst an zu kooperieren, Wilsberg. Warum nicht gleich so?«

»Weil ich mir dabei so mies vorkomme.«

Stürzenbecher beantragte eine Hausdurchsuchung, und ich wartete das Ergebnis in seinem Büro ab. Irgendwelche Indizien für Franks Mitgliedschaft beim Kommando Jan van Leiden wurden nicht gefunden. Dafür entdeckten Spurensicherungs-Experten auf dem Küchentisch Partikel eines hochexplosiven tschechischen Sprengstoffs. Der Reporter selbst war wie vom Erdboden verschluckt.

Den späten Nachmittag und Abend trieb ich mich in der Nähe der Lambertikirche herum. Man konnte es Intuition nennen oder einfach darauf verweisen, daß die alte

Markt- und Bürgerkirche neben dem Dom das bedeutendste Gotteshaus Münsters war. Ganz egal, neben *irgendeiner* Kirche zu stehen war mir immer noch lieber, als mir zu Hause die Decke auf den Kopf fallen zu lassen.

Bald hatte ich die beiden mit Einkaufstüten getarnten Zivilpolizisten identifiziert, die ab und zu den Standort wechselten und mit wachsamen Blicken das Terrain sondierten. Rund um den Lamberti-Brunnen auf dem Kirchenvorplatz hockten Gruppen von Pennern und Junkies, die zur Feier des überraschend milden Frühlingstages Wein- und Fuselflaschen kreisen ließen. Und direkt vor der Südseite der großen Hallenkirche baute eine Schar von ›Christen gegen den Weltuntergang‹ ihren Stand und eine Lautsprecheranlage auf. Kurz darauf schmetterte sie zu Gitarrenklängen »When Jesus comes« in die Mikrofone.

Mit einem Plastikbecher Kaffee aus der Filiale des Kafferösters, der neben Fahrrädern, Bestecken, Schwimmflossen und Schmuck auch noch Kaffee verkaufte, schlenderte ich über den Kirchplatz. Da ich sowieso nichts Besseres zu tun hatte, beglückte ich eine Christin gegen den Weltuntergang mit einer Antwort auf die Frage, ob ich glücklich sei: »Nein.«

»Das habe ich gleich gemerkt.«

»Sie haben aber ein feines Gespür«, lobte ich sie.

»Menschen, die glücklich sind, strahlen von innen heraus.«

»Und ich?«

»Bei Ihnen, nun, spürt man eine Mauer. Sie sind irgendwie gefangen. Sie haben noch nicht den Weg zu ...«

»Was ist denn mit Ihnen? Sind Sie glücklich?«

»Oh ja«, strahlte sie von innen heraus. »Christus hat mich glücklich gemacht.«

Ich senkte die Stimme. »Können wir uns nicht zusammentun? Ich meine, wenn Sie glücklich sind und ich bin unglücklich, dann wären wir beide zusammen doch halbglücklich.«

Das Strahlen mutierte zu einer hilflosen Grimasse, die einen fulminanten Überbiß enthüllte. »Zusammentun?«

»Ja. Wir beide. Nur Sie und ich.«

Ihre Mundwinkel zuckten. Dann drehte sie den Kopf halb nach hinten. »Michael, würdest du bitte mal kommen!«

»Ist schon in Ordnung«, sagte ich. »War ja nur eine Frage.«

Er entdeckte mich zuerst. Aus den Augenwinkeln sah ich, wie eine Gestalt hinter einer Säule wegtauchte, als ich zum hundertsten oder zweihundertsten Mal die Arkaden des Roggenmarktes nach einer verdächtigen Erscheinung absuchte. Ich ließ ihn in dem Glauben, unbemerkt geblieben zu sein, und machte einen mittelgroßen Umweg: über den Prinzipalmarkt, dann am Domplatz vorbei und durch die kleine Gasse zurück zum Roggenmarkt. Jetzt befand ich mich fünf Meter hinter seinem Rücken.

Tobias Frank hatte den Kopf in den Nacken gelegt und blickte mit angestrengtem Gesichtsausdruck zum Turm der Lambertikirche hinauf. Bevor er reagieren konnte, hatte ich seinen dünnen rechten Arm auf den schmächtigen Rücken gepreßt.

Er jaulte auf.

»Ist der Sprengstoff schon im Turm?« zischte ich.

»Was für 'n Sprengstoff?«

Ich drückte den Arm weiter nach oben. Er gab Laute von sich, die besser zu einem kranken Hund gepaßt hätten, und machte einen halbherzigen Versuch, meinem Griff zu entkommen. Mit einer trockenen Linken auf die Niere brachte ich ihn zur Besinnung.

»Du tust mir weh«, jammerte er.

»Ein Vorgeschmack auf das, was dich erwartet, wenn du nicht sofort redest.«

Er leckte die Lippen und linste nach links und rechts. Es war schon nach zehn und die Straße fast menschenleer. Aber nur fast. Zu seiner Hoffnung und meiner Besorgnis näherte sich eine Gruppe von Schaufensterbummlern.

Um jegliches Zeitspiel zu unterbinden, schob ich ihn in die dunkle Seitengasse. Dann warf ich ihn gegen eine Hauswand und drehte den Arm bis hinauf zum Halswirbel. Ein sehr ungesundes Knacken war zu hören.

»Neeeeiiiin«, gurgelte er. »Du hast mir den Arm gebrochen.«

»Rede endlich!«

»Ich werde ohnmächtig.«

Ich ließ den rechten Arm fallen und packte den linken. »Du glaubst gar nicht, was ein Mensch aushält.«

»Nein, bitte nicht, nicht auch noch den anderen Arm!«

»Also?«

»Imke ist da oben.«

Ich lockerte den Griff etwas. »Wer ist Imke?«

»Meine Schwester.«

»Mareike?«

»Nein. Imke.«

Endlich kapierte ich. Tori-Marion-Mareike hieß in Wirklichkeit Imke. Obwohl ich die Antwort längst kannte, stellte ich die Frage trotzdem: »Was macht sie da oben?«

»Sie deponiert die Sprengladung.«

Ich fluchte. »Konntet ihr keinen anderen finden?«

»Sie wollte es.«

»Verdammt nochmal, ich habe ihr gesagt, sie soll die Finger davon lassen.«

Er keuchte. »Wenn sie sich etwas in den Kopf gesetzt hat, dann läßt sie sich durch niemanden davon abhalten.«

»Und du? Konntest du dir nicht an drei Fingern abzählen, daß es zu gefährlich ist?«

»Sie hat gesagt, sie macht es notfalls auch alleine.«

Ich überlegte. »Wann geht das Zeug hoch?«

»Der Zeitzünder ist auf halb elf eingestellt.«

Ich guckte auf die Uhr. Noch zehn Minuten.

Tobias Frank atmete schwer. »Ist doch halb so wild. Wir wollen ja selbst nicht, daß der ganze Turm runterkommt. Die Menge ist so berechnet, daß allenfalls im Inneren was kaputtgeht.«

»Und was ist mit dem Türmer?«

Ich drehte ihn um.

»Oh oh ah ah ah.« Er hielt den herabbaumelnden rechten Arm fest, kippte mit dem Rücken gegen die Wand und rutschte daran entlang, bis er auf dem Boden saß. »Den haben wir vergessen.«

Während ich über die Straße und zum Hauptportal der Lambertikirche rannte, gingen mir mehrere Sachen durch den Kopf. Ich sah, wie einer der beiden Zivilpolizisten zu seinem Funkgerät griff. Dann dachte ich daran, daß der Türmer genau um halb elf auf dem Turm stehen würde, um, wie zu jeder halben und vollen Stunde zwischen 22 und 24 Uhr, in sein Krummhorn zu blasen. Und ich versuchte einen Weg zu finden, wie ich Mareike (an den neuen Namen wollte ich mich so schnell nicht gewöhnen) samt Sprengstoff unbemerkt aus der Kirche schaffen konnte.

Das Hauptportal war geöffnet. Ich kam in den großen, schwach beleuchteten Innenraum und blickte mich um. Links von mir befanden sich mehrere Türen. Eine davon mußte in den Turm hinaufführen.

Ich rüttelte an der ersten. Verschlossen. Bei der zweiten

hatte ich mehr Glück. Der fahle Lichtschein fiel auf eine steinerne Wendeltreppe.

Ich hastete die Treppe hinauf. Mein Herz pochte vor Anstrengung und Aufregung wie ein Trabbimotor. Je höher ich kam, desto dunkler wurde es. Bald sah ich nicht mal mehr die Treppenwand und mußte mich mit der rechten Hand abstützen.

Irgendwann erreichte ich einen Treppenabsatz, den ich als solchen natürlich nicht erkannte, kam ins Stolpern und knallte prompt gegen eine Wand. Bevor ich mich wieder orientieren konnte, rauschte etwas Schweres in mich hinein, das mich umwarf. Ich schrie auf, griff in ein Kleidungsstück, riß ein Stück Stoff heraus und fiel auf den Hinterkopf.

Benommen blieb ich liegen.

Ein Lichtstrahl blitzte auf und leuchtete mir ins Gesicht. »Georg, was machst du denn hier?«

»Mareike«, röchelte ich. »Sprengstoff. Holen.«

»Komm, ich helfe dir. Wir müssen hier weg.«

»Türmer. Nicht.«

»Ich verstehe dich nicht.«

In meinem Kopf explodierte gerade eine Supernova, aber ich biß die Zähne zusammen. »In der Turmspitze ist noch jemand.«

»Wer denn?«

»Der Türmer.«

»Nein!«

»Doch. Jeden Abend.«

Der Lichtstrahl wanderte zu ihrer Armbanduhr. »Noch fünf Minuten.«

Ich rappelte mich hoch. »Ich hole den Sprengstoff. Sag mir, wo er sich befindet!«

»Du findest ihn nicht. Warte hier!«

Sie verschwand wieder nach oben. Ich wollte hinter ihr

her, aber ein Welle von Übelkeit überrollte mich. Meine Beine knickten ein, ich landete auf den Knien. Es war lächerlich, absolut lächerlich. Gerade in dem Moment, wo es darauf ankam, fühlte ich mich wie ein nasser Sack.

Endlich stand ich aufrecht. Wieviel Zeit mochte inzwischen vergangen sein? Eine Minute? Zwei Minuten?

Ein Poltern auf der Treppe. Dann ein Lichtstrahl.

»Georg? Bist du noch da?«

Ich hörte ein leises Ticken.

»Kannst du das Ding nicht abstellen?« fragte ich heiser.

»Nein.«

»Wieviel Zeit haben wir noch?«

Die Armbanduhr leuchtete auf. »Zwei Minuten.«

»Leg es hin! Und dann raus hier!«

Mareike schob und zog mich die Treppe hinunter, obwohl ich sie bat, mich zurückzulassen. Am Ende hätten wir es fast geschafft. Die Tür lag unmittelbar unter uns, als es infernalisch krachte. Und dann dauerte es noch einen Bruchteil einer Sekunde, bis uns die Druckwelle erfaßte.

Ich flog. Es war totenstill.

Vermutlich haben wir beide geschrien, vermutlich herrschte ein Höllenlärm, aber ich hörte nichts. Es war nicht einmal unangenehm. Ich sah mich als Kind, als Jüngling, als Rechtsanwalt, als Briefmarkenhändler, als Detektiv. Und dann sah ich das gotische Kirchenschiff auf mich zurasen. Ich bewunderte die überaus schlanken Säulen mit ihren wunderbaren Laubkapitellen. Ich wollte sie Mareike zeigen, Mareike sollte an meiner Freude teilhaben. Wo war sie nur? Das war mein letzter Gedanke, bevor der Filmprojektor abgeschaltet wurde.

XX

Im Nachhinein stellten sich die Verletzungen als gar nicht so schwerwiegend heraus. Außer mehreren Rippenbrüchen, ein paar Prellungen und einer schweren Gehirnerschütterung war nicht viel passiert. Das heißt, meine alte Verletzung im Bein war wieder aufgebrochen, so daß ich im Anschluß an den Krankenhausaufenthalt noch eine Zeitlang humpelte.

Imke hatte es schlimmer erwischt. Sie war nicht, wie ich, in das Kirchenschiff geschleudert worden, sondern im Treppenhaus hängengeblieben. Die Folge waren eine Schädelfraktur und zahlreiche Knochenbrüche. Erst nach einer Woche erwachte sie aus dem Koma, und es dauerte drei Monate, bis sie ohne fremde Hilfe gehen konnte.

Sobald sie transportfähig war, wurde sie in ein Gefängniskrankenhaus verlegt. Zu der Zeit saß ich schon seit mehreren Monaten in U-Haft. Ich hatte Rechtsanwalt Kurz mit meiner Verteidigung beauftragt, aber seine Anträge auf Haftverschonung wurden regelmäßig abgelehnt.

Mehrfach wurde ich von Hauptkommissar Stürzenbecher und dem Staatsanwalt vernommen. Als wir unter uns waren, versprach Stürzenbecher, sich vor Gericht für mich einzusetzen. Zu meinen Gunsten sprach, daß ich einen Hinweis auf den bevorstehenden Sprengstoffanschlag gegeben hatte. Und daß der Türmer von Sankt Lamberti, bis auf einen Schock, unversehrt geblieben war.

Zu meinen Ungunsten sprach, daß man mir die aktive Teilnahme an zwei Aktionen des Kommandos Jan van Leiden nachweisen konnte. Der materielle Schaden war in beiden Fällen beträchtlich. Während der Blechschaden bei der Massenkarambolage am Ludgeriplatz in die Hunderttausende ging, kalkulierten vorsichtige Schätzer die Kosten für eine Restaurierung der Lambertikirche auf mehrere Millionen Mark.

In seiner Klageschrift verstieg sich der Staatsanwalt zu der Annahme, daß ich von vorneherein den genauen Ort des Sprengstoffanschlages gekannt hätte. Seine Beweisführung war einfach, schließlich hatte man mich *in* der Lambertikirche gefunden. Die Tatsache, daß ich am Morgen des Anschlages die Polizei vor einem solchen gewarnt hatte, wertete er als Versuch, von meiner Mittäterschaft abzulenken.

Sechs Monate nach meinem untauglichen Flugversuch in der Lambertikirche kam es zum Prozeß. Zum ersten Mal sah ich Imke wieder. Sie war sehr bleich und hohlwangig, und ihr früher leuchtend rotes Haar wirkte stumpf und strähnig.

Ich berührte ihre Hand. »Hallo.«

»Hallo.« Sie bemühte sich um ein Lächeln, aber ihre grüngrauen Augen blieben kalt.

»Tut mir leid«, sagte ich.

»Ist nicht deine Schuld.«

»Gehen Sie bitte weiter!« meldete sich der Strafvollzugsbeamte hinter uns.

Wir saßen zu fünft auf der Anklagebank: Dirk und André, die beiden jungen Burschen, die sie am Ludgeriplatz geschnappt hatten, Tobias Frank, Imke und ich. Weitere Mitglieder des Kommandos Jan van Leiden konnten nicht gefaßt werden, weil meine Mitangeklagten den Mund hielten und ich sowieso niemanden namentlich kannte.

Der Staatsanwalt warf uns vor, eine kriminelle Vereinigung gebildet und zahlreiche Straftaten begangen zu haben, darunter Sachbeschädigung, Erpressung und Körperverletzung.

Mit Rechtsanwalt Kurz, der mich vor Gericht verteidigte, hatte ich als Prozeßstrategie vereinbart, mich kooperativ zu zeigen und soweit wie möglich bei der Wahrheit zu bleiben. Ich machte nur eine einzige Ausnahme: Ich verschwieg alles, was Imke belasten konnte.

Immerhin hatte ich für die ersten drei Aktionen des Kommandos Jan van Leiden (das Anmalen der Wiedertäufer-Käfige, das Säure-Attentat auf das Porträt von Bischof Waldeck und den Anschlag auf die Bistumsbank) Alibis. Meine Anwesenheit am Ludgeriplatz und in der Lambertikirche ließ sich allerdings nicht leugnen, ich erklärte sie mit dem vergeblichen Versuch, Schlimmeres zu verhindern. Da meine Mitangeklagten jegliche Aussagen zur Sache verweigerten, konnte diese Behauptung weder bestätigt noch widerlegt werden.

Die Zeugenaussage von Monsignore Kratz war leider nicht geeignet, mich zu entlasten. Er sprach von dem Verdacht, den Weihbischof Becker und er von Anfang an in bezug auf meine Person gehegt hätten. Es sei ihnen so vorgekommen, als würden sie mit einem Mitglied des Kommandos sprechen, besonders bei der letzten Begegnung, in der ich massive Drohungen ausgestoßen hätte.

Ein paar Pluspunkte sammelte ich, als Professor Walter Rasch vernommen wurde. Der Professor sagte aus, daß ich nicht den Eindruck eines aktiven Mitglieds des Kommandos gemacht habe. Warum hätte ich ihn sonst um Mithilfe bitten sollen, die Systematik der Anschläge zu durchschauen?

Aufregung auf der Pressebank gab es, als Professor Rasch begründete, warum seiner Meinung nach nicht das echte Waldeck-Porträt beschädigt worden sei. Monsignore Kratz, noch einmal in den Zeugenstand gerufen, mußte zugeben, daß zum Zeitpunkt des Säure-Attentats nur eine Kopie in der Domkammer hing. Er begründete dies mit einer routinemäßigen Untersuchung des Originals in einem Restaurations-Labor.

Für einen Moment kam sogar der Staatsanwalt ins Schwimmen. Ich gab Kurz das Zeichen zum Gegenangriff.

Kurz, ein Mann, der lange Zeit die Hoffnung gehegt hatte, einer der bekanntesten Strafverteidiger der Bundesrepublik zu werden, verfügte über beachtliche rhetorische Fähigkeiten. Und die setzte er jetzt ein.

»Hohes Gericht«, sagte er, »ich will hier nicht davon ablenken, daß mein Mandant schwere, ja unverzeihliche Fehler begangen hat. Er hat sich in mehreren Situationen falsch verhalten, möglicherweise gelenkt durch persönliche Gefühle. Aber auf der anderen Seite muß sich einem unvoreingenommenen Betrachter doch der Verdacht aufdrängen, daß es auf Seiten der Leitung des Bistums Münster nicht nur Mitwisser, nein, sogar Anstifter der Taten des sogenannten Kommandos Jan van Leiden gab.«

Der Staatsanwalt protestierte, Kurz würde nicht zur Sache reden und außerdem ein vorweggenommenes Plädoyer halten. Der Vorsitzende Richter, ein kleinwüchsiger Mann mit dicker Hornbrille, der Claude Chabrol nicht unähnlich sah, forderte Kurz auf, keine unbegründeten Vorwürfe in den Raum zu stellen.

»Wenn mir das Hohe Gericht die Gelegenheit dazu gibt, werde ich die Vorwürfe sehr gern begründen«, antwortete Kurz.

Der Staatsanwalt winkte ab, und der Vorsitzende Richter sagte: »Fahren Sie fort!«

Und Kurz fuhr fort. Er begann mit der widersprüchlichen Haltung der Kirchenoberen zu Beginn der Erpressung, als Weihbischof Becker der Polizei (hierfür benannte er Hauptkommissar Stürzenbecher als Zeugen) Informationen vorenthalten habe, obwohl niemals die Absicht bestand, die geforderten 500.000 Mark tatsächlich zu zahlen. Ausführlich ging er auf die fadenscheinige Begründung für den Austausch des Waldeck-Porträts ein und kam schließlich auf den anonymen Anruf zu sprechen, den die Polizei vor dem Anschlag am Ludgeriplatz erhalten hatte.

»Dies alles«, donnerte Kurz, »würde schon ausreichen, um die Haltung gewisser Kirchenmänner in Zweifel zu ziehen. Aber es gibt noch einen anderen, tragischen Vorgang, über den beharrlich der Mantel des Schweigens gebreitet wird: In der Nacht vom 7. auf den 8. April fuhr der Priester und Benediktinermönch Stefan Rogall, besser bekannt als Bruder Martin, bei klarem Wetter und trockenen Straßenverhältnissen gegen einen Brückenpfeiler auf der Autobahn A 1. Auch wenn der letztendliche Beweis fehlt, daß es sich bei diesem tödlichen Unfall um einen Freitod handelte, sprechen doch viele Anzeichen dafür. Denn Bruder Martin war Mitglied des Kommandos Jan van Leiden.«

An dieser Stelle entstand im Gerichtssaal eine merkliche Unruhe, und der Staatsanwalt rief: »Wie können Sie so etwas behaupten?«

»Mein Mandant kann das bezeugen«, fertigte ihn Kurz ab.

»Ha!« meckerte der Staatsanwalt. »Ein schöner Zeuge, den Sie da haben.«

Der Vorsitzende Richter klopfte auf den Tisch. »Ruhe bitte!«

»Möglicherweise«, fuhr Kurz fort, »hat Bruder Martin einen Abschiedsbrief hinterlassen. Möglicherweise könnte dieser Brief den Tathergang, die Verstrickungen und auch die Zwangslage, in die sich Bruder Martin gedrängt fühlte, aufklären. Ja, der gesamte Prozeß könnte durch diesen Brief eine andere Wendung erhalten. Ich fordere daher die Verantwortlichen des Bistums und des Klosters Rosmalen auf, dem Hohen Gericht alle Informationen zur Verfügung zu stellen, die mit dem Tod des Bruder Martin in Verbindung stehen.«

»Das sind doch alles nur Vermutungen«, maulte der Staatsanwalt und beantragte eine einwöchige Verhandlungsunterbrechung, um sich mit der neuen Sachlage zu beschäftigen. Der Vorsitzende Richter stimmte zu.

Als wir abgeführt wurden, hielt Monsignore Kratz meinem Blick nicht nur stand, nein, ich glaubte sogar, eine Spur von Hohn in seinem Gesicht zu erkennen. Da wußte ich, daß ich verloren hatte.

Eine Woche später trat der Prior des Klosters Rosmalen, ein älterer, rundlicher Mann mit sorgfältig gestutztem Bart, in den Zeugenstand. Eingangs bekundete er seine Überraschung, überhaupt als Zeuge in diesem Prozeß vorgeladen worden zu sein. Aber wenn er helfen könne, die Wahrheit aufzuklären, sei er natürlich gerne bereit, seiner Staatsbürgerpflicht nachzukommen.

Der Vorsitzende Richter nickte wohlwollend und stellte dann die Frage, was der Prior über den Tod des Bruder Martin wisse.

Der schreckliche Unfall habe die Klostergemeinschaft tief getroffen, antwortete der Prior. Vermutungen, die ihm zu Ohr gekommen seien, daß es sich dabei möglicherweise um einen Freitod gehandelt habe, könne er jedoch nicht bestätigen. Bruder Martin habe nichts hinterlassen und sich auch keinem der anderen Brüder anvertraut. Ja, er wolle sogar soweit gehen, einen Freitod dezidiert auszuschließen.

Kurz nahm den Prior in die Mangel, und dieser mußte

einräumen, daß es in der Zeit vor dessen Tod einige Auseinandersetzungen mit Bruder Martin gegeben habe. Martin habe auffallend oft um eine Sondererlaubnis zum Verlassen des Klosters gebeten, und ihm, dem Prior, seien Zweifel an der Glaubensfestigkeit Martins gekommen. So habe es ihn auch nicht überrascht, als Martin darum ersuchte, mit einem klostereigenen PKW zur Erzabtei in Süddeutschland fahren zu dürfen. Schließlich sei der Abt der Erzabtei der engste Vertraute Martins gewesen.

Als letzter Zeuge machte Weihbischof Becker seine Aussage. Empört wies er alle Verdächtigungen zurück, die Kirche sei in irgendeiner Form in die Untaten der Wiedertäufer involviert. Ein solcher Gedanke – und dabei malträtierte er den Zeugentisch mit heftigen Faustschlägen – könne nur den kranken Gehirnen notorischer Kirchenfeinde und Atheisten entspringen.

Nach energischem Protest von Kurz bat der Vorsitzende Richter den Weihbischof um Mäßigung.

Prompt entschuldigte sich Becker. Er habe niemanden beleidigen wollen, aber die Kirche müsse sich dagegen wehren, in den Sumpf der Liederlichkeit und Unmoral hinabgezogen zu werden, der in der Gesellschaft herrsche. Und, zumindest in dieser Beziehung, sei er ein kämpferischer Christ.

Damit war die Beweisaufnahme beendet. Die Rechtsanwälte und der Staatsanwalt hielten ihre Plädoyers, und das Gericht zog sich zur Beratung zurück.

Dirk und André wurden zu drei Jahren Gefängnis verurteilt, Tobias Frank und Imke erhielten jeweils fünf Jahre. In meinem Fall wurde die Untersuchungshaft angerechnet und der Rest der zweijährigen Gefängnisstrafe zur Bewährung ausgesetzt.

XXI

Als ich zu dem Haus im Kreuzviertel kam, in dem ich fünfzehn Jahre gewohnt hatte, war mein Name vom Klingelbrett verschwunden. Ich drückte auf die Klingel, neben der er früher gestanden hatte, und eine resolute Blondine mit großen roten Flecken auf den Wangen und zwei kleinen Kindern an den Beinen bat mich freundlich herein. Es würde ihr sehr leid tun, daß ich auf diese Weise meine Wohnung verloren hätte. Andererseits müsse ich verstehen, daß ihr Mann, die beiden Kinder und sie sich hier pudelwohl fühlen würden, für die beiden Kinder sei der Garten das reinste Paradies. Und für einen allein, dabei zwinkerte sie mir zu, sei die Wohnung doch sowieso viel zu groß.

Ich erkundigte mich nach meinen Möbeln, und sie antwortete, daß meine bewegliche Habe, soviel sie wisse, in ein städtisches Depot gebracht worden sei. Genaueres würde ich sicher von meinem früheren Vermieter, dem Herrn Johanimlei, erfahren.

Dann bot sie mir noch einen Kaffee an, aber ich lehnte dankend ab.

Ich mußte eine halbe Stunde im Wartezimmer der Detektei verbringen, bis Sigi die letzten Fragen der Rechnungsstellung mit einem Klienten besprochen hatte.

Sie klopfte mir auf die Schulter. »Herzlichen Glückwunsch! Wir alle freuen uns, daß du wieder frei bist.«

»Danke. Dummerweise habe ich inzwischen keine Wohnung mehr.«

»Aber wieso denn?« Sie runzelte die Stirn.

»Na ja, im letzten halben Jahr ist nichts mehr aufs Konto gekommen. Und vorher hatte ich auch schon ein bißchen Ärger mit meinem Vermieter, weil ich in Mietrückstand war.«

»Das ist aber blöd.«

»Du sagst es.«

»Was willst du denn jetzt machen?«

»Ich dachte, du hast doch ein eigenes Haus, und du könntest mir, nur vorübergehend natürlich ...«

»Georg!« Sie schüttelte ihre strenge Pagenfrisur. »Wie stellst du dir das vor? Es ist nur ein Häuschen. Außerdem hat sich in meinem Leben einiges verändert. Ich habe einen neuen Freund.«

»Hoffentlich nicht wieder einen bisexuellen Motorradfahrer mit ledernem Schlafanzug.«

Sigi lachte. »Nein, nein, Fred ist ganz anders. Er ist Schriftsteller, weißt du.«

»Solche Menschen muß es auch geben«, sagte ich.

»Aber er ist etwas schwierig. Ich kann mir nicht vorstellen, wie ihr beide am Frühstückstisch miteinander auskommt. Warum fragst du nicht deine Schwester?«

»Kiki? Die hat wieder geheiratet. Schlimmer als vorher.«

Sigi kratzte sich am Hinterkopf. »Wenn ich es mir recht überlege, gibt es doch eine Möglichkeit. Oben unter dem Dach ist ein leerer Raum, den ich sowieso zu einem Gästezimmer ausbauen wollte. Wir richten ihn einfach provisorisch her, und du kannst ihn haben. Du mußt mir allerdings versprechen ...«

»... daß ich nicht zum Frühstück komme«, fiel ich ihr ins Wort. »Weißt du was, ich besorge mir eine Kochplatte, und dann bin ich da oben unter dem Dach autonom. Vorübergehend, natürlich.«

Am Abend machte ich einen Abstecher ins *Alcatraz*. Norbert und Anna begrüßten mich mit großem Hallo und freundschaftlichen Umarmungen. Ich war so gerührt, daß ich fast geheult hätte. Und zum ersten Mal, seitdem ich durch das Gefängnistor gegangen war, fühlte ich mich wirklich frei.

Als ich von meinen Mißgeschicken berichtete, waren Norbert und Anna an der Reihe, traurig zu gucken.

»Mensch, Georg«, sagte Norbert, »zur Not kannst du auch zu mir kommen. Ich habe zwar kein Zimmer übrig, aber irgendwie kriegen wir das schon hin. Trink erst einmal ein Bier auf Kosten des Hauses!«

Aus dem einen Bier auf Kosten des Hauses wurden viele, und zwischendurch, wenn mal weniger zu tun war, erzählte ich die dramatischen Ereignisse der letzten Monate in leicht konsumierbaren Drei-Minuten-Häppchen.

Kurz vor drei, als die letzten Gäste aus dem *Alcatraz* wankten, fragte Anna: »Und was ist aus dir und dieser Frau geworden, die ständig ihren Namen wechselt?«

»Tori-Marion-Mareike-Imke.«

»Genau die.«

Ich zuckte mit den Schultern. »Heute nachmittag habe ich einen Besuchstermin beantragt. Wenn ich Glück habe, klappt es in vier bis sechs Wochen.«